LES RÉSIGNÉS

COMÉDIE EN TROIS ACTES, EN PROSE

Représentée sur le Théâtre-Libre, le 31 janvier 1889.

HENRY CÉARD

LES

RÉSIGNÉS

COMÉDIE EN TROIS ACTES, EN PROSE

PARIS

G. CHARPENTIER ET Cie, ÉDITEURS

11, RUE DE GRENELLE, 11

1889

A

LÉON DAUDET

H. C.

Je remercie

Mesdames Barny, Ducal et Dorsy,

Messieurs Mayer, Antoine et Laury,

les artistes du Théâtre-Libre

qui, par leur talent de comédiens

et

leur dévoûment amical,

m'ont permis de présenter dignement au public

cet esssai de pièce psychologique.

Henry CÉARD.

Paris, 1er février 1889.

DISTRIBUTION

BERNAUD, employé..............	MM. ANTOINE.
CHARMERETZ, littérateur..........	MAYER.
PIÉTREQUIN, libraire.............	LAURY.
HENRIETTE LALURANGE..........	Mmes DUCAL.
Mme HARQUENIER, sa tante........	BARNY.
MARCELINE, la bonne.............	DORSY.

La scène, à la campagne, aux environs de Paris, de nos jours.

Les indications de mise en scène sont prises du spectateur.

LES RÉSIGNÉS

ACTE PREMIER

Un salon bourgeois, d'aspect sévère et ordonné, dans une maison de campagne de la fin du dix-huitième siècle. Au fond, entre des tentures, une porte s'ouvre sur une véranda. Par les vitres, on voit la verdure d'un jardin. — Au milieu d'un mobilier de forme moderne et soigneusement recouvert de housses grises, un piano à queue, tout noir. Devant le piano, une chaise dorée. — Au premier plan : à droite, un guéridon portant un nécessaire à ouvrage; à gauche, une table portant un grand album de photographies. De chaque côté du guéridon et de la table, une chaise dorée et un fauteuil, avec sa housse. — Au deuxième plan : à droite, une porte conduisant à la chambre de Madame Harquenier; à gauche, une cheminée dont le chambranle de marbre est garni de deux candélabres dorés encadrant deux vases à fleurs et une grande pendule de style Louis XVI, également dorée. — Au troisième plan : à droite, une console dorée sous un vase à fleurs; à gauche, une porte donnant sur la salle à manger. Au fond, également à gauche, près de la porte de la véranda, un canapé sous sa housse grise. — Du plafond sans peintures, entre les murs

sans tableaux, un lustre, dans une enveloppe de mous-
seline, pend au bout d'une chaîne en cuivre doré. —
A droite et à gauche de la scène, sur le piano, au
fond, dans la véranda, plantes vertes.

SCÈNE PREMIÈRE

Mme HARQUENIER, HENRIETTE, MARCELINE.

Au lever du rideau, Madame Harquenier et Henriette, en robes de deuil,
sont assises : Madame Harquenier, à gauche, sur le fauteuil près de
la table, Henriette sur la chaise près du guéridon. Madame Harquenier parcourt un journal illustré, Henriette raccommode un de ses
gants. Marceline entre en portant deux bouquets.

MADAME HARQUENIER, à MARCELINE.

Qu'est-ce, Marceline?

MARCELINE.

Deux bouquets pour Mademoiselle, Madame.

HENRIETTE, prenant l'enveloppe des cartes et lisant.

Mademoiselle Henriette Lalurange, chez Madame
Harquenier, aux Grésillons, près de Poissy. — Ah !
c'est de Charmeretz et de Bernaud, nos amis. Ils ont
mis leur carte ensemble sous la même enveloppe.
Voyons voir, Marceline? (Elle respire les bouquets.) Comme
ces fleurs ont une odeur exquise. (Allant vers Madame Harquenier :) Sentez donc, ma tante. Vous voyez bien, ce
bouquet-là ? Je parie que c'est le bouquet de Bernaud.

MADAME HARQUENIER.

Pourquoi?

HENRIETTE.

Il est fait seulement avec les fleurs que j'aime.

MADAME HARQUENIER.

C'est un bouquet comme tous les bouquets.

HENRIETTE.

Oh non! Les fleurs qu'on offre prennent la physio-
nomie des gens qui vous les envoient. Je devine cela,
moi. Tenez, le bouquet de Charmeretz (elle montre le bouquet que Marceline a posé sur le piano), eh bien, il a l'air
sceptique comme sa personne et méchant comme sa
littérature. (Elle passe à gauche et met le bouquet de Bernaud dans
un vase, sur la cheminée.)

MARCELINE, mettant le bouquet de Charmeretz dans un vase,
sur la console, à droite.

Oh! Mademoiselle, pouvez-vous dire des choses
pareilles. Méchant? lui? M. Charmeretz! Depuis le
temps qu'il vient ici, je l'ai bien remarqué, moi.
C'est un brave cœur, allez, ni plus ni moins que
M. Bernaud, son ami. Un peu plus dur d'apparence,
mais au fond, tendre, tendre! et qui vous aime bien,
je vous assure, Mademoiselle.

HENRIETTE, revenant au milieu de la scène.

Tu crois cela, toi, Marceline? (Elle retourne s'asseoir sur
la chaise, à droite.)

MARCELINE.

Vous voyez bien, il a beau être en voyage, au diable, à des centaines de lieues, cependant, pas plus que M. Bernaud, il n'a oublié que c'était aujourd'hui la sainte Henriette.

MADAME HARQUENIER.

Si sa carte est jointe à celle de Bernaud, c'est sans doute qu'il est de retour. Dans sa dernière lettre pourtant, il n'osait me promettre d'être revenu pour aujourd'hui. Il ne sait jamais ce qu'il veut, celui-là. (On entend sonner une cloche. — A Marceline :) Qu'est-ce qui sonne là ?

MARCELINE.

Le premier coup de la grand'messe, Madame.

MADAME HARQUENIER.

Alors, nous avons encore le temps. Est-ce que l'omnibus du chemin de fer est passé ?

MARCELINE.

Pas encore, Madame.

HENRIETTE.

Du reste, il n'y a pas de retard. Charmeretz et Bernaud, les deux inséparables, n'arrivent jamais à Poissy que par le train de midi. La gare est si loin de chez eux.

MADAME HARQUENIER.

Parfaitement. Mais M. Piétrequin, lui, m'a promis

de venir aujourd'hui de meilleure heure, et je l'attends.

HENRIETTE.

M. Piétrequin?

MARCELINE.

Madame n'a rien à me commander?

MADAME HARQUENIER.

M. Charmeretz nous fera sans doute l'honneur de déjeuner avec nous. Vous mettrez un couvert de plus, Marceline.

MARCELINE.

Bien, Madame. (Elle sort.)

SCÈNE II

HENRIETTE, MADAME HARQUENIER.

HENRIETTE, allant s'asseoir près de la table où est Madame Harquenier.

M. Piétrequin, vous dites, ma tante? Mais pourquoi, comme de coutume, ne vient-il pas aujourd'hui en même temps que ses amis Charmeretz et Bernaud, M. Piétrequin?

MADAME HARQUENIER.

Pourquoi, ma nièce? Tu ne comprends pas?

1.

HENRIETTE.

Non !

MADAME HARQUENIER.

C'est parce que M. Piétrequin se propose de faire vis-à-vis de toi, Henriette, une démarche pour laquelle il n'a pas besoin de la présence de ces messieurs.

HENRIETTE.

Auprès de moi, quelle démarche ?

MADAME HARQUENIER.

Il veut te demander en mariage, Henriette.

HENRIETTE.

Moi ? me marier avec lui ! Devenir Mme Piétrequin ! Vraiment est-ce sérieux, ce que vous me dites là, ma tante ?

MADAME HARQUENIER.

Oui, toi. Et ce que je te dis est absolument sérieux. Depuis longtemps déjà, Piétrequin m'avait fait part de ses intentions. L'autre jour encore il m'a écrit, et je lui ai formellement promis qu'il aurait aujourd'hui ma réponse et la tienne. Tout à l'heure, donc, j'espère que tu prendras une résolution courageuse, conforme à tes intérêts et à mes désirs.

HENRIETTE.

Mais, ma tante, je ne l'ai jamais aimé, je ne l'aime pas, moi, M. Piétrequin.

MADAME HARQUENIER.

Il ne s'agit pas de savoir si tu l'aimes. L'important, c'est que M. Piétrequin est à la tête d'une maison de librairie qu'on dit solide sur le pavé de Paris et en grand accroissement de prospérité. Certes, dans la position que je lui connais, il n'aurait pas été embarrassé de trouver femme ailleurs. Eh bien! non, il n'a pas même cherché! Il sait cependant la dot que je puis te donner : rien, ou à peu près. Mais tu es instruite, bien élevée. Tu sais ce qu'il est, maintenant, convenable de ne plus cacher aux filles. Avec cela, ménagère entendue. Enfin, telle que tu es, c'est toi qu'il préfère à toute autre, c'est toi qu'il demande, et c'est toi qu'il épousera.

HENRIETTE, debout, et cherchant des ciseaux sur la table.

Et que m'importe la solidité que vous croyez à sa situation commerciale! Je vous répète, ma tante, que je ne l'aime pas, M. Piétrequin.

MADAME HARQUENIER.

C'est un point qui se réglera plus tard. Puisque je te répète qu'il te prend telle que tu es. Il t'irait vraiment bien de faire la difficile : une honnête fille qu'on épouse sans dot se doit d'aimer son mari, sinon par inclination, au moins par reconnaissance. (Henriette se rassoit.) Tu es trop raisonnable pour ne pas comprendre ces choses. Ainsi, c'est entendu, n'est-ce pas? Piétrequin va venir. Tu lui donneras une réponse favorable, et de leur côté, dès leur arrivée, Charmeretz et Bernaud seront officiellement informés de ton mariage.

HENRIETTE.

Vous allez, comme cela, tout de suite, informer Bernaud de mon mariage!

MADAME HARQUENIER.

Eh bien, oui, pourquoi pas?

HENRIETTE.

Je pense à la stupéfaction que va lui causer cette nouvelle. Certes, quand chez nous, un soir de thé dansant, en compagnie de Charmeretz, il nous présenta M. Piétrequin, il ne se doutait guère alors qu'il m'amenait un mari.

MADAME HARQUENIER, se levant.

Pourtant, il nous devait bien ce service, après tous les embarras qu'il nous cause.

HENRIETTE.

Lui, ma tante, quel embarras?

MADAME HARQUENIER.

C'est cela, je te conseille de faire l'étonnée. Voyons, toutes les difficultés, que, jusqu'ici, j'ai rencontrées pour ton établissement, toutes les résistances auxquelles je me heurte, en ce moment encore, de qui viennent-elles, sinon de lui?

HENRIETTE.

De Bernaud? Pourquoi?

MADAME HARQUENIER.

Parce que vous vous aimez, pardieu !

HENRIETTE, se levant.

Ma tante, vous pouvez avoir confiance en moi. Ma tante, je vous jure...

MADAME HARQUENIER, allant à sa nièce et la forçant à se rasseoir.

Ne t'en défends pas, ma chère enfant, ne t'en défends pas, tu mentirais. Voyons, est-ce que tu me crois assez aveugle pour n'avoir pas démêlé depuis longtemps quelle tendresse, et profonde, et secrète, se cache sous vos camaraderies (de plus en plus tendrement), l'influence intime que Bernaud exerce sur ta personne ? Je le vois bien, va. Ce que tu cherches, dans les prétendants qu'on te présente, c'est Bernaud. Tu essayes sur eux, les livres, les phrases, les idées qu'il t'a apprises ; et tous, un à un, tu les éconduis parce qu'aucun ne lui ressemble, et tu as toujours en les congédiant un mot tel qu'ils n'ont plus la tentation de revenir. Et le pire...

HENRIETTE.

Le pire ?

MADAME HARQUENIER, au milieu de la scène.

Le pire, c'est que Bernaud t'aime.

HENRIETTE.

Vraiment, ma tante, eh bien alors ?...

MADAME HARQUENIER, marchant avec agitation.

Oui, il t'aime profondément, et il ne demanderait pas mieux que de te rendre heureuse. Va, va, si j'avais été riche, c'est lui qui serait devenu ton mari. Depuis les longues années qu'il vient ici, il est déjà presque de la famille ; et, sans la nécessité terrible du pot-au-feu, ce n'est pas à un autre que j'aurais demandé de te donner le bonheur.

HENRIETTE.

Ma tante, par pitié !

MADAME HARQUENIER, revenant vers sa nièce.

Mais quand nous dirons ! Bernaud, employé de ministère, végète avec de médiocres appointements ; Piétrequin, grâce à sa lucrative profession, t'assure pour l'avenir une large existence. L'un n'a pas de position sérieuse avec ses avancements qui reculent toujours ; l'autre a le bien-être à portée de la main. Je t'en prie, ma mignonne, épouse Piétrequin, épouse-le.

HENRIETTE, se levant.

Je vous en supplie, ma tante, ne me forcez pas à répondre aujourd'hui. Laissez-moi réfléchir (elle passe à droite), et peut-être que, plus tard, vous-même reconnaîtrez qu'il vaudrait mieux prendre un autre parti.

MADAME HARQUENIER, à gauche, avec impatience.

C'est tout réfléchi. (Allant vers Henriette.) Je te le répète. Je n'ai rien. Plus rien. Le peu qui me restait, je l'ai placé en viager, et j'ai cinquante-neuf ans, ma nièce, un âge que, dans notre famille, les femmes ne dépassent guère d'un cheveu blanc. Moi morte, tu auras quoi ? Ta misère d'orpheline dont les parents sont décédés insolvables ! Est-ce que par hasard, tu t'imagines que, de mon vivant, je t'aurai procuré du bien-être, pour te préparer des souffrances, plus tard ? Mourir ! en te sachant gênée d'argent et portant des robes reteintes ! Tu crois que je te laisserai faire cette sottise ? Allons donc ! Je me suis sacrifiée une fois, c'est bon ! Mais sacrifier mon sacrifice ! Ah ! non par exemple, je ne m'en sens pas le courage. (Elle s'assoit sur la chaise, et prend la main d'Henriette qui est à droite du guéridon.) Je t'en prie, dis, veux-tu ? tu me promets ? Tu vois, je n'ordonne pas, je supplie. N'est-ce pas que tu ne penseras plus à Bernaud ?

HENRIETTE.

Je vous suis soumise et dévouée, ma tante. Mais pour ce que vous me demandez là, j'ai peur de vous mentir.

MADAME HARQUENIER, remontant, avec colère.

Puisque je te dis que ça ne se peut pas. (Henriette fait un mouvement d'impatience et va s'asseoir sur la chaise devant le piano.) Écoute ! (Elle redescend en scène.) Encore deux mois, et tu vas atteindre à vingt-quatre ans, et tu ne t'aperçois donc pas que les prétendants deviennent de plus en plus rares ? (A droite.) Nos inventions, on commence à ne plus y croire. Nous racontons que tu ne veux pas te séparer de moi, et patati et patata, un tas d'histoires. Mais les mères de famille en embarras de demoiselles en disent toutes autant et personne n'est plus dupe d'un mensonge que tout le monde emploie. (Au milieu de la scène.) Prends garde, Henriette ! car ces amis qui t'encouragent, ces gens qui vantent ton dévoûment et ton bon cœur, ces gens-là, une fois mon thé bu et la porte de l'antichambre refermée derrière leurs talons, ont de sévères appréciations sur cette jeune fille si lente à trouver un mari. On a l'air de te plaindre, mais, en secret, on chuchote, on soupçonne (se rapprochant d'Henriette), et au besoin, je t'indiquerais ceux qui t'accusent. Et je ne veux pas de ça, jour de Dieu, je ne veux pas de ça ! (Un temps, puis doucement :) Allons, tu vois, il faut être raisonnable. Dis-moi que tu seras bien raisonnable. Piétrequin est une occasion, la dernière peut-être. Je t'en conjure, celle-là ne la laisse pas échapper.

HENRIETTE, tristement.

Eh bien ! puisqu'il le faut ! Puisque vous l'exigez, oui, je vous assure, je serai… raisonnable. (Éclatant en sanglots.) Mais c'est plus fort que moi, renoncer à Bernaud, mais non, je ne peux pas, vous voyez bien que je ne peux pas !

MADAME HARQUENIER.

Pauvre fillette ! (Avec une émotion solennelle.) Ah ! moi aussi, j'ai connu ces désespoirs, moi aussi j'ai connu ces révoltes, ma chère mignonne. Tiens, sais-tu ? avec tes larmes, tu me rends toutes mes souffrances d'il y a quarante ans. Tu pleures, comme j'ai pleuré lors de mon mariage avec M. Harquenier. Ce jour-là, moi non plus, je ne faisais pas ce que je souhaitais. Je faisais ce qui semblait raisonnable et ce qu'on jugeait nécessaire. Il promettait de me mettre à l'abri du besoin, je promettais de le rendre heureux : quand il est mort, nous étions quittes, et, lorsque j'ai pris son deuil, je n'avais rien à me reprocher.

HENRIETTE, à travers ses larmes.

Vous avez été heureuse, ma tante ?

MADAME HARQUENIER.

Heureuse ? non. Résignée, oui.

HENRIETTE.

Résignée !

MADAME HARQUENIER.

La vie est ainsi faite avec des à peu près. A ton tour.

HENRIETTE, avec un effroi douloureux.

A mon tour ? Pourquoi à mon tour ?

MADAME HARQUENIER.

Parce que c'est une fatalité à laquelle personne n'échappe. Ce que tu dois subir aujourd'hui, je l'ai subi jadis; et d'autres avant nous, et qui nous valaient bien, l'ont supporté sans se plaindre. (Ouvrant l'album de photographies placé sur la table, à gauche.) Tiens, quand tu ouvres cet album de photographies, tu ne t'es donc jamais demandé pourquoi tous les portraits de famille avaient une telle expression de tristesse ? C'est que ceux-là dont ils donnent l'image ont tout

2

souffert, et d'eux-mêmes et des autres, sans jamais rien laisser paraître des blessures de leur vanité, ni des angoisses de leur cœur, et, désespérant du mieux, se sont définitivement résignés à accepter l'existence telle qu'ils la rencontraient. L'existence n'a pas changé. (Elle ferme l'album et descend en scène.) A ton tour !

HENRIETTE, se lève et descend en scène à son tour, parallèlement à Madame Harquenier.

Pourtant, si comme vous, on ne m'aimait pas ; si moi non plus je n'étais pas heureuse avec M. Piétrequin ?

MADAME HARQUENIER.

Aime-le tout de même, au petit bonheur. Donne pour obtenir.

HENRIETTE.

Et si je n'obtenais rien ?

MADAME HARQUENIER.

Il te restera le respect de la parole donnée. Va, va, tu sauras cela bientôt, Henriette, si du mariage on supprimait le devoir...

HENRIETTE.

Eh bien ?

MADAME HARQUENIER, avec une bonhomie désespérée.

Ma foi, je ne sais pas trop ce qui en resterait !
(Elle remonte et aperçoit Marceline qui entre.)

MARCELINE, annonçant.

M. Piétrequin.

MADAME HARQUENIER, revenant vivement vers Henriette.

Allons, sèche tes yeux. C'est entendu, n'est-ce pas?

HENRIETTE, avec résignation.

Puisqu'il le faut.

MADAME HARQUENIER, s'arrêtant au moment de recevoir Piétrequin,
d'une voix attristée.

Pauvre fillette !

SCÈNE III

LES MÊMES, PIÉTREQUIN.

PIÉTREQUIN, entrant à gauche.

Mesdames.

MADAME HARQUENIER.

Enfin, c'est vous !

PIÉTREQUIN.

Moi-même, un peu en retard, peut-être. Mais les
affaires sont les affaires. Vous permettez, Mademoiselle? (Il présente un bouquet à Henriette. Silence d'Henriette.)

MADAME HARQUENIER, impatiente et autoritaire, à Henriette.

Eh bien ?

HENRIETTE.

Tous mes remerciements, Monsieur. (Elle monte mettre le bouquet sur le piano, puis passe à gauche.)

PIÉTREQUIN, à Madame Harquenier.

Eh bien, Madame, vous avez parlé de nos projets de mariage à Mlle Henriette ; quelle réponse puis-je espérer ?

MADAME HARQUENIER.

Soyez tranquille, Monsieur, elle ne dira pas non. (On entend sonner une cloche.) Mais voici le second coup de la messe. Vous permettez que j'aille terminer ma toilette ?

PIÉTREQUIN.

Comment donc, Madame.

MADAME HARQUENIER, à Henriette.

N'est-ce pas, ma mignonne, pendant un instant, tu vas tenir compagnie à M. Piétrequin.

HENRIETTE.

Oui, ma tante.

MADAME HARQUENIER, à Piétrequin.

Et vous, parlez-lui ! (Henriette redescend à la hauteur de Piétrequin, qui se trouve à droite.)

MADAME HARQUENIER, au moment de sortir, les regarde et dit :

Allons les amoureux ! Dites-vous des choses tendres.

SCÈNE IV

HENRIETTE, PIÉTREQUIN. (Un silence. Ils sont d'abord un peu gênés. Puis, Piétrequin prend la parole.)

PIÉTREQUIN.

Mademoiselle, Madame votre tante a dû vous dire dans quelle intention je me présente aujourd'hui devant vous.

HENRIETTE.

Ma tante m'a dit, Monsieur, que vous veniez me demander en mariage.

PIÉTREQUIN.

Et vous avez répondu ?

HENRIETTE.

La nouveauté de la démarche m'a étonnée. J'ai pensé que vous tentiez cette entreprise sans être suffisamment éclairé sur ma situation ; et, puisque vous semblez être dans l'ignorance, je me suis promis de vous avertir, moi-même, loyalement. (Elle lui fait signe de s'asseoir sur la chaise, qui est à gauche, auprès de la table. Elle-même passe derrière la table et s'assoit dans le fauteuil, puis :) Savez-vous que mes parents sont morts sans fortune ?

PIÉTREQUIN, continuant la phrase.

Et que vous êtes sans dot. Je le sais, Mademoi-

selle, j'ai fait prendre des renseignements à ce
sujet.

HENRIETTE.

Des renseignements ?

PIÉTREQUIN, très simplement.

Mon Dieu, oui, nous autres commerçants, nous
avons des agences, pour cela.

HENRIETTE.

En vérité, Monsieur...

PIÉTREQUIN, froid et correct.

Je vous demande pardon, Mademoiselle, mais je
déteste faire du sentiment inutile. Je dirige comme
on a dû vous en informer, je dirige un commerce de
librairie assez bien achalandé. Or une industrie ne
prospère tout à fait que lorsque le négociant est
marié. On trouve volontiers que cette formalité
assure la considération. J'ai donc souscrit aux préjugés de mon temps, et cherché autour de moi qui
je pourrais épouser. MM. Bernaud et Charmeretz,
lesquels sont un peu mes amis, m'ont amené dans
cette maison un jour où l'on dansait, et c'est ainsi
que j'eus l'honneur inespéré de faire votre connais-
sance.

HENRIETTE.

Je me souviens, Monsieur, que nous avons valsé
ensemble, mais cette circonstance me semble bien
peu décisive pour autoriser votre démarche d'aujour-

d'hui, et j'estime que votre choix serait mieux tombé sur une autre que sur moi. Il me semble que puisque mes parents sont morts sans fortune...

PIÉTREQUIN.

Et que vous n'avez pas de dot, qu'importe! La fortune et la dot, par le temps qui court, ne décident plus des sentiments des jeunes gens sensés. D'ordinaire, l'apparente richesse des familles ne sert qu'à donner aux jeunes personnes des goûts de luxe que le mari, plus tard, sera fatalement inhabile à satisfaire. Vous avez été élevée, j'imagine, sur un pied de quatre cent mille francs...

HENRIETTE.

Oh! Monsieur, croyez bien...

PIÉTREQUIN.

Oui, je sais bien, ce n'est qu'une hypothèse. Vous vous mariez, et c'est à peine si votre époux touche cent mille francs. Vous voyez tout de suite le déficit. D'un autre côté, la plupart du temps, la dot, tout le monde se contente de la promettre, nul ne se met en souci de la payer. Donc, pour le jeune homme raisonnable, la question se résume à épouser une demoiselle de goûts et d'instincts tempérés, qui, heureusement, n'apportant pas de dot, par suite, n'apportera point d'exigences.

HENRIETTE.

Et vous me faites l'honneur de penser, Monsieur, que je puis être cette demoiselle?

PIÉTREQUIN.

Oui, Mademoiselle Henriette. Je vous demande pardon du compliment ; j'estime cependant qu'on ne saurait vous en faire de meilleur.

HENRIETTE.

Vous me flattez, Monsieur.

PIÉTREQUIN.

En aucune façon, car, par votre éducation, l'ordre de votre personne, et votre conduite dans le ménage, vous réalisez essentiellement ce qu'on appelle l'idéal.

HENRIETTE, incrédule.

Monsieur !

PIÉTREQUIN.

Le mien, à tout le moins. C'est pourquoi j'ai demandé votre main à Madame votre tante (se levant, avec cérémonie), et pourquoi j'ai l'honneur de vous la demander à vous-même, ici, à votre tour.

HENRIETTE, se levant aussi.

J'ai promis à ma tante de ne pas aller à l'encontre de ses volontés, Monsieur. Je lui ai dit que je vous répondrais affirmativement, et vous me voyez prête à tenir ma parole.

PIÉTREQUIN, toujours même jeu.

Je pourrais affecter d'être plus passionné, mais je jouerais une comédie, et je serais moins sincère.

Donc, acceptez la situation comme je vous l'offre.
Vous aurez le bien-être quotidien, moi, la considération commerciale. Dans ces conditions, la vie sera,
je ne dis pas exceptionnellement heureuse, je n'ai
point tant d'ambition, mais elle sera possible, ce qui
est suffisant. Pour le reste, je ne vous dis pas que
mon cœur est tout neuf, mais à l'heure qu'il est, je
crois pouvoir répondre de lui, et je vous le donne
pour ce qu'il vaut.

HENRIETTE, d'un ton triste et digne.

Ma tante m'a dit tout cela, Monsieur. Elle m'a dit
quelle sécurité matérielle je trouverais en vous
épousant. Elle m'a dit aussi que les cœurs intacts ne
se rencontrent guère, et m'a appris par son exemple
de combien d'espérances brisées est fait un mariage
qui commence. Moi-même j'ai ressenti ces angoisses;
et, c'est un renseignement encore que je dois hon-
nêtement vous donner, car celui-là n'a pas dû vous
être fourni par les agences : c'est un cœur endolori
que je confie ici à ce qui reste du vôtre. Aimez-moi
bien, du mieux que vous pourrez; et moi, de mon
côté, je vous assure qu'en épouse loyale, j'oublierai
si j'ai rêvé un jour qu'un autre m'aurait pu donner
cette affection que je réclame. Est-ce entendu? Et
pouvons-nous, bravement, compter l'un sur l'autre?

PIÉTREQUIN, lui tendant la main.

De tout mon cœur, Mademoiselle.

HENRIETTE, lui donnant la main.

Et moi, Monsieur, de tout mon courage.

SCÈNE V

LES MÊMES, CHARMERETZ, MADAME HAR-QUENIER.

CHARMERETZ, entrant avec Madame Harquenier, par la porte
de droite.

Comment, Madame, je suis à peine arrivé, que vous me faites appeler pour me raconter des mariages !

MADAME HARQUENIER.

Je vous raconte la pure vérité, mon cher Charmeretz.

CHARMERETZ, au milieu de la scène, à droite de Madame
Harquenier.

Allons donc !

MADAME HARQUENIER.

Parfaitement, Monsieur le railleur; et j'ai l'honneur de vous faire part du mariage de Mlle Henriette Lalurange, ma nièce, avec M. Jean Piétrequin, votre ami.

CHARMERETZ, étonné.

Ah ! (Se tournant à gauche vers Piétrequin.) Tous mes compliments. (A droite vers Henriette.) Tous mes compliments. (Allant vers elle, plus bas.) Vraiment, est-ce que vous allez épouser...? (De la tête, légèrement, il indique Piétrequin.)

HENRIETTE, tristement.

Il le faut bien.

MADAME HARQUENIER.

Henriette compte, Charmeretz, que vous voudrez bien être son premier témoin.

CHARMERETZ.

Être témoin, dans la vie, c'est mon métier, Madame.

MARCELINE entrant. On entend une cloche.

Madame, voici le dernier coup de la messe qui sonne. (Henriette remonte, et Marceline, pendant le dialogue suivant, l'aide à mettre son chapeau et son manteau.)

MADAME HARQUENIER.

Messieurs, vous voudrez bien nous excuser de vous laisser seuls.

CHARMERETZ, ironique.

Comment donc, Madame, mais je serai enchanté de tenir compagnie à l'ami Piétrequin.

MADAME HARQUENIER.

C'est cela. Et M. Piétrequin, qui est le plus galant, viendra nous chercher à la sortie de l'église.

PIÉTREQUIN.

Volontiers, Madame.

MADAME HARQUENIER, remontant.

Tu es prête, Henriette ?

HENRIETTE.

Oui, ma tante.

MADAME HARQUENIER, au fond.

Alors, Messieurs, à tout à l'heure. (Elle sort par le fond, suivie d'Henriette. Marceline sort à gauche.)

CHARMERETZ, après avoir regardé partir les deux femmes.

Décidément, dans les voyages, ce qui instruit surtout, c'est le retour. (Il redescend à droite vers Piétrequin, qui reste assis sur le fauteuil, près du guéridon.)

SCÈNE VI

PIÉTREQUIN, CHARMERETZ.

CHARMERETZ, d'un ton de persiflage.

Bonjour, Piétrequin. On dirait que tu n'es pas enchanté de me revoir.

PIÉTREQUIN.

Au contraire. J'ai des compliments à te faire. J'ai lu ton dernier livre.

CHARMERETZ.

Angélique Margoulin, ah !

PIÉTREQUIN.

Pas mal, pas mal; mais tu sais, moi, au fond, je
n'aime pas ce genre-là.

CHARMERETZ.

Je l'espère bien! Tes goûts littéraires, je ne les
ignore pas. Il te faut le livre qui moralise en amusant
— l'eau à détacher qui sent bon.

PIÉTREQUIN.

Il y en a.

CHARMERETZ.

Merci, moi je n'en tiens pas.

PIÉTREQUIN.

Au lieu que, avec ton talent, si tu voulais...

CHARMERETZ, s'asseyant sur la chaise en face de Piétrequin.

Et toi, hein? Ça va toujours bien la vente des
livres obscènes?

PIÉTREQUIN.

Charmeretz !

CHARMERETZ, toujours même jeu.

Allons, voyons! est-ce que tu crois que je ne sais
pas exactement quel métier tu fais, dans la librairie? Tu crées des vices de bibliothèque à des vieil-
lards fourbus que l'amour n'intéresse plus. Tu les
pousses à la bibliomanie comme on les poussait, jadis,

à la débauche. Tu vis en plaçant des œuvres sans talent illustrées par des aquafaibüstes polissons, si bien que tu vends des livres, ni plus ni moins que d'autres vendent des femmes.

PIÉTREQUIN, agacé.

Je te répète, Charmeretz…. (Il se lève, passe derrière Charmeretz, et va du côté gauche.)

CHARMERETZ.

C'est ce que tu appelles faire de l'art ! et, par une conséquence naturelle, quand tu te trouves devant du papier sérieusement et dignement écrit, tu te montres moraliste. Quand il s'agit de sentiment, tu deviens aisément indélicat. En vain, l'on t'évite. On est sûr que partout on te rencontre. Tu te frottes aux honnêtes gens, car c'est leur réputation qui, par une contagion heureuse, te fait un peu respecter. Quand les portes s'ouvrent toutes grandes devant eux, tu entres sournoisement à leur suite, et lorsque, comme ici, il est question d'un mariage, c'est toi, naturellement, qui deviens le fiancé.

PIÉTREQUIN, revenant vers Charmeretz.

Tu oublies, Charmeretz, que c'est toi qui m'as amené dans cette maison.

CHARMERETZ.

Tu oublies dans quelles conditions tu y fus introduit ! On voulait danser. On recrutait des jambes, j'ai amené les tiennes, voilà tout. Si on m'avait parlé de recruter un mari, sachant l'homme que tu es, je t'aurais laissé dehors.

PIÉTREQUIN.

L'homme que je suis, Bernaud et toi, pourtant, vous le fréquentez.

CHARMERETZ, passant à gauche, et dédaigneusement.

La vie est pleine de ces relations qui n'engagent personne, et l'on peut rencontrer des gens comme toi, laisser dire qu'on est leur camarade, sans les tenir pour cela dans l'estime à laquelle tu prétends.

PIÉTREQUIN.

Allons donc! Si vraiment tu avais toujours eu sur moi les opinions que tu exprimes aujourd'hui, est-ce que tu m'aurais, même pour une soirée, amené dans cette maison? A qui le feras-tu croire? Et si tu te montres aujourd'hui si difficile sur des points qui jadis ne te blessaient guère, c'est que mon mariage avec Mlle Henriette et te fâche et te gêne. Voilà tout.

CHARMERETZ.

Ton mariage me gêne! A quel propos?

PIÉTREQUIN.

Et tu deviens si rigoriste, simplement parce que tu es envieux.

CHARMERETZ.

Envieux de toi, moi! Toutes mes félicitations. Tu déraisonnes superbement quand tu t'y mets.

PIÉTREQUIN.

Plaisante tant que tu voudras, va; tu n'arriveras pas à me donner le change. Oui, tu es envieux. Autrement, prendrais-tu une si grande inquiétude de ma personne? Et, au demeurant, quel est mon crime? J'ai demandé en mariage une jeune personne à laquelle tu ne pensais pas, et à laquelle tu penses, maintenant, parce qu'elle va devenir la femme d'un autre. Et c'est cela qui t'indigne et qui t'exaspère; tu vois bien que je ne me trompe pas quand je te répète que tu es jaloux.

CHARMERETZ, avançant vers Piétrequin d'un air tranquille.

Si j'étais aussi jaloux que tu le prétends, et si la demoiselle me tenait au cœur autant que tu le soupçonnes, les choses seraient vite terminées. Je n'aurais que quelques mots à dire...

PIÉTREQUIN.

Pourquoi ne les dis-tu pas? Dénonce-moi!

CHARMERETZ, d'un ton détaché.

Je ne fais pas comme toi, mon cher. Je ne dénonce personne. (Il monte vers le fond.) Ces procédés-là, je les laisse à ton industrie, où on fait saisir par délation les livres d'un confrère, pour vendre ensuite plus cher les exemplaires tout pareils qu'on détient, qu'on cache, et dont la saisie fait hausser la valeur. (Redescendant.) Du reste, si j'apportais dans la situation présente un intérêt aussi personnel que tu le supposes, je pourrais faire mieux que de parler, car j'ai

de quoi envoyer des huissiers, en manière de témoins,
à ta noce.

PIÉTREQUIN, surpris.

Des huissiers?

CHARMERETZ.

Oui, parce que je connais un M. Piétrequin,
libraire, qui paye assez mal ses échéances. Hein? si
on en achetait de tes billets en souffrance? il y a
des gens à qui cela rendrait service. Pourtant,
si j'étais jaloux, crois-tu qu'elle serait rapide ta
faillite?

PIÉTREQUIN.

Charmeretz, je t'en prie, tu ne voudras pas me
perdre.

CHARMERETZ, se reculant de Piétrequin.

Sois tranquille! Tu ne me connais pas, mon cher.
Je suis curieux et impitoyable. Je ne veux pas jouer
le rôle ridicule qui consiste à essayer de corriger les
vices de construction de l'existence. Je ne touche à
rien, de peur de tout détraquer et de tout rendre pire.
Te perdre? A quoi bon! L'important pour moi, c'est
que ton aventure ici me fournisse un spectacle, la
matière d'une étude, le sujet d'un roman, de la passion, de la colère, des larmes.

PIÉTREQUIN, allant vers Charmeretz.

Vraiment, tu ne plaisantes pas, et je puis compter
que tu ne diras rien, que tu ne feras rien?

3.

CHARMERETZ, l'arrêtant du geste.

Tu peux compter que tu es d'une difformité morale qui me plaît, mon cher Piétrequin, et ta maladie m'intéresse trop pour que je me rende le mauvais service de t'en guérir.

PIÉTREQUIN, avec inquiétude.

Mon vieux Charmeretz...

CHARMERETZ.

Supprimer mes observations! Mais je n'aurais plus de raison valable pour vivre. Je ne puis pas me passer des autres, de toi, Piétrequin! Vous m'amusez! seulement, je ne me mêle pas à vous, et, je vous contemple curieusement, du haut de mon mépris, comme du haut d'un balcon.

PIÉTREQUIN, comme faisant une découverte.

Mais c'est une insolence!

CHARMERETZ, tranquillement.

Non, c'est une constatation.

PIÉTREQUIN.

Tu me railles et tu m'insultes, Charmeretz, et si je te demandais raison?

CHARMERETZ.

Voyons, tu n'y songes pas. Est-ce qu'on se bat dans le commerce? (Piétrequin ne répond pas. Il va jusqu'au piano et feuillette une partition d'un air agacé. Charmeretz monte vers Piétrequin, lui ferme la partition entre les mains et dit :) Et maintenant, un conseil. Mets-tu, à vingt-cinq pas, une balle dans un goulot de bouteille? As-tu dix ans de salle? Non, n'est-ce pas? (Il descend au milieu de la scène.) Alors, crois-moi, sois indulgent pour ceux qui te disent la vérité.

PIÉTREQUIN, allant vers lui, presque menaçant.

Monsieur!

CHARMERETZ, d'un ton de persiflage et de mépris.

Monsieur, puisque vous y tenez, Monsieur, je crois que vous ferez bien de ne pas déranger de témoins. Vous ferez bien aussi de ne pas répandre le bruit que j'ai refusé de me battre avec vous; personne ne vous croirait, et, si on vous croyait, ça vous causerait du tort.

PIÉTREQUIN.

Parce que?

CHARMERETZ, même jeu.

Parce que vous seriez obligé de donner des explications et que le monde, manquant assez volontiers de littérature, n'aurait pas pour vous la condescendance et la curiosité que je vous montre.

PIÉTREQUIN.

Prends garde de m'exaspérer, Charmeretz.

CHARMERETZ.

Prends garde de me faire sortir de ma réserve, Piétrequin.

PIÉTREQUIN.

Mais enfin !

CHARMERETZ, la voix ferme et le geste cassant.

Assez, n'est-ce pas? Quand je regarde le spectacle, je n'aime pas qu'on fasse tant de bruit auprès de moi. (Montrant la pendule.) D'ailleurs, l'heure s'avance, je crois qu'il est temps pour toi d'aller chercher ces dames. (A Bernaud qui entre, à gauche.) Bonjour, Bernaud.

SCÈNE VII

LES MÊMES, BERNAUD.

BERNAUD.

Bonjour, Charmeretz.

PIÉTREQUIN.

Bonjour, Bernaud. Messieurs, votre valet.

CHARMERETZ.

Au revoir, Piétrequin.

(Piétrequin sort au fond.)

SCÈNE VIII

CHARMERETZ, BERNAUD, MARCELINE.

BERNAUD, à Marceline, qui apporte des bouteilles, un plateau et des verres.

Qu'est-ce que vous apportez donc là, Marceline ?

MARCELINE, disposant le plateau.

Ça, c'est des choses à boire en attendant le déjeuner. (Montrant une bouteille.) Dans cette bouteille-là, il y a de ça que vous aimez bien, Monsieur Bernaud, et dans celle-là (montrant l'autre bouteille), il y a de ça que M. Charmeretz aime bien, lui aussi.

BERNAUD.

Vous nous gâterez donc toujours, ma bonne Marceline?

MARCELINE, remontant.

Oh! moi, il ne faut pas me remercier! C'est une idée à Mademoiselle. (Sur la porte de gauche.) Voyons, ces liqueurs-là, tous les deux, vous savez bien que c'est pour vous qu'elle les a fabriquées. (Elle sort.)

SCÈNE IX

BERNAUD, CHARMERETZ.

CHARMERETZ. (Il frappe sur l'épaule de Bernaud. Bernaud se retourne, alors il lui montre la véranda par où est sorti Piétrequin.)

Tu vois bien ce Monsieur-là qui sort d'ici?

BERNAUD.

Piétrequin, oui.

CHARMERETZ.

Eh bien, c'est le prochain mari d'Henriette,

BERNAUD.

Piétrequin !

CHARMERETZ.

Comme j'ai l'honneur de te le répéter, Piétrequin !

BERNAUD.

Qui te l'a dit ?

CHARMERETZ.

Qui ? Quelqu'un qui trouvait la nouvelle pleine de gaîté. Il n'y a que ces gens-là pour bien vous attrister.

BERNAUD.

Mais qui donc ?

CHARMERETZ.

La tante, Mme Harquenier.

BERNAUD.

Mme Harquenier t'a dit qu'Henriette allait épouser ce Monsieur ! Allons donc ! Tu railles, suivant ton habitude.

CHARMERETZ.

Non, mon ami, je ne raille pas. (S'adossant au piano, et avec un accent d'impatience et de mélancolie.) Eh oui, voilà, on s'est fait une vie à soi tout seul. Chaque soir vous ramène dans la même maison. La même heure vous trouve montant l'escalier et tirant le cordon de la sonnette. On entre, les mains se tendent avec des sou-

rires, et la conversation commence dans le demi-jour
de la lampe...

BERNAUD.

A qui le dis-tu !

CHARMERETZ.

Vous êtes chez vous et l'on est à vous. Quand, un
jour où vous arrivez comme à l'ordinaire, un monsieur est là qui, d'abord, a commencé par vous prendre
votre fauteuil favori et qu'on a laissé faire ; un monsieur qui, sous prétexte de mariage, vous enlève toute
cette intimité et vous rend désormais les soirées
longues et les journées sans intérêt parc e qu'elles
mènent à ces soirées-là. Vous n'avez plus rie n à vous,
ni les regards, ni la parole, ni le silence. C'est vous
maintenant qui vous sentez devenir l'étranger. Jadis,
dans la jeune fille, on trouvait un camarade ; on
s'aperçoit maintenant qu'il y a un sexe, et l'on souffre,
non pas de la jalousie d'un amant, mais du douloureux regret d'un plaisir que l'on perd et d'une déli-
catesse qui s'en va. Eh bien oui, Piétrequin, ce
Piétrequin, nous a volé tout cela. (Il passe à gauche et
s'asseyant dans le fauteuil près de la table :) C'est drôle, n'est-ce
pas, ces gens qui vous prennent des choses qui cependant ne sont pas à vous !

BERNAUD, allant vers lui.

Oui, et je comprends ta mélancolie, mon brave
ami. Heureusement que j'avais pris mes précautions,
et que, à moi du moins, Piétrequin ne vole rien.

CHARMERETZ.

Voilà par exemple qui a besoin d'une démonstration.

BERNAUD.

Ma démonstration ? Elle est là-bas, chez elle. Tu la connais bien, elle est blonde et se fait des sourcils noirs avec une épingle à cheveux passée à la flamme d'une bougie. Tout à l'heure, avant de venir, je lui ai boutonné ses bottines à ma démonstration. (Il s'assoit sur la chaise en face de Charmeretz.)

CHARMERETZ.

C'est vrai, tu as une maîtresse en titre, j'oubliais.

BERNAUD.

Dis donc l'exacte vérité : je vis en concubinage, un joli mot, hein ?

CHARMERETZ.

Oui, je connais ça. C'est l'histoire des gens qui achètent des meubles à tempérament. Un mois, deux mois, un an, deux ans, on paye, on s'embrasse ; et puis, un jour donné, on a tant payé, on s'est tant embrassé que le tout, meubles et femme, finit par être à vous. Seulement — seulement, ce jour-là, les meubles sont vieux, et la femme aussi.

BERNAUD.

Tu n'exagères rien et je sais bien que, pour moi aussi, c'est de cette façon lamentable que les choses se passeront. Et puis après ? qu'est-ce que je pouvais faire ? me marier ? avec qui ? D'abord il faut une position pour se marier, et je n'en ai pas, moi, de position ! Employé dans un ministère et deux mille cent francs d'appointements, offre donc ça à Mme Harquenier, et tu verras comment tu seras reçu !

CHARMERETZ.

Ah ! je comprends, maintenant. Tu as pris une maîtresse afin de ne pas être amoureux, hein ?

BERNAUD.

Qu'est-ce que tu veux ? Il y a les femmes qu'on aime et les femmes où l'on aime, et ma maîtresse est de celles-là.

CHARMERETZ, avec compassion.

Mon pauvre ami ! (Versant à boire à Bernaud.) Elle est toujours demoiselle de magasin ?

BERNAUD, prenant son verre.

Toujours.

CHARMERETZ, se servant à son tour.

Et comment va-t-elle ? La dernière fois que je l'ai vue, son estomac, elle s'en plaignait.

BERNAUD.

Elle va mieux (il boit) depuis que, à son rayon, je la fais manger entre ses repas. (Il repose son verre.)

CHARMERETZ, buvant.

Tu m'en diras tant ! (Il repose son verre.)

BERNAUD.

Ainsi tu vois, j'ai bien pris mes précautions, et,
grâce à cette femme, je me suis à tout jamais garé
contre les inclinations de mon cœur. De sorte que, ici,
avec ses projets de mariage, Piétrequin, mon cher,
ne nuit à personne, — à personne, sinon à toi.

CHARMERETZ, étonné.

Tu me permettras de te dire que je ne comprends
pas.

BERNAUD.

Écoute, et je te répéterai tout haut ce que tu penses
tout bas, et ce que tu te défends de croire. Henriette...

CHARMERETZ, même jeu.

Eh bien quoi, Henriette ?

BERNAUD.

Henriette ! (Il se lève.) Elle est surtout ce que l'ont
faite tes conversations, tes idées, et c'est de toi que
lui vient cette séduction par laquelle nous la trou-
vons si charmante. (Se rapprochant de Charmeretz.) Il y a
de toi...

CHARMERETZ, amicalement.

Oh ! de toi aussi, voyons.

BERNAUD.

De nous, si tu veux. Il y a de nous dans ce qu'elle pense, dans ce qu'elle dit, dans ses lectures, dans ses manières de voir et ses façons de juger. Malgré nous, sans le savoir, et peut-être en le sachant hélas, nous l'avons gâtée.

CHARMERETZ.

Il fallait bien. La vie nous gâte si peu d'ordinaire. Sans nous, elle n'aurait peut-être jamais été gâtée par personne.

BERNAUD, au milieu du théâtre, avec une exaltation douloureuse.

Nous sommes-nous assez mirés en elle! Et sans cesse, nous revenions à ses côtés, toi, parce qu'elle te remplaçait les maîtresses que tu perdais ; moi, parce qu'elle me donnait, en idée, celles que je rêvais d'avoir et que je n'ai jamais rencontrées parce qu'aucune ne lui ressemblait. (Il descend à droite.)

CHARMERETZ, avec une affectation de scepticisme.

C'est l'utilité de toutes les jeunes filles, ça. Ces femmes-là, qu'on ne désire pas, reposent des femmes qu'on a trop eues. Autrement, l'hiver, on ne verrait pas dix jeunes gens dans les bals, malgré le buffet.

BERNAUD, revenant vers Charmeretz.

Eh bien, je considère que nous ne sommes pas libres, vis-à-vis d'Henriette. Sans doute, jamais nous n'avons rien dit qui puisse la leurrer de l'espoir d'un mariage. Quand ce mot est venu à mes lèvres de pauvre, tu sais ce que j'ai fait, n'est-ce pas ? J'ai pris une maîtresse. Donc, je ne puis rien. Mais toi ! Toi, tu es en état de tenir ces engagements tacites par où elle est liée à nous, et c'est sur toi que je compte pour l'empêcher d'épouser ce Piétrequin.

CHARMERETZ, se défendant.

Sur moi, allons donc !

BERNAUD, tendrement.

Oui, sur toi, mon vieux et cher Charmeretz. Je me doutais bien qu'un jour, fatalement, tout cela finirait par un mariage, mais franchement j'avais toujours espéré que ce serait toi le marié.

CHARMERETZ, même jeu. Il se lève.

Bernaud, mon vieil et cher ami, je te demande pardon, mais en ce moment tu divagues de tout ton cœur.

BERNAUD, d'un ton de douce insinuation.

Voyons ! est-ce que tu n'es pas le vrai mari qui convient à Henriette ? Est-ce que vos idées ne sont pas communes ; et, si elle est sans fortune, est-ce que tu n'es pas riche pour deux ?

CHARMERETZ, passant à droite.

Quelque pauvre qu'on soit, on est toujours le Rothschild de quelqu'un.

BERNAUD, toujours même jeu.

Et puis, dis-moi, Charmeretz, aux heures mélan-

coliques, quand tu es tout seul, chez toi, et que
personne, pas même ta bonne, ne te regarde, est-ce
que, parfois, tu ne t'es pas confessé à toi-même qu'elle
devenait insupportable cette existence que tu mènes?
que la littérature ne te suffit plus, et qu'elles com-
mencent à t'écœurer avec l'âge, ces liaisons passagères
que tu trouves, au hasard du désir, chez les femmes
de la galanterie ou des coulisses?

CHARMERETZ, tout ensemble doux et railleur.

Fi donc! Tu me calomnies, mon cher, j'ai été
appelé lâcheur par des femmes du monde!

BERNAUD.

Est-ce que tu n'as jamais songé qu'il serait temps
d'en finir, d'ôter une fois pour toutes ton armure de
scepticisme, et de laisser ton cœur, ton cœur naturellement généreux et tendre, battre sans retenue et
sans pose, près d'un foyer honnête, à côté d'une
femme qui ressemblerait à Henriette?

CHARMERETZ, toujours même jeu.

Non, non, là, je t'en prie, viens donc un jour me
trouver à Tortoni, et répète-moi tout haut ton invi-
tation au ménage, tu verras quel succès de rire tu
obtiendras.

BERNAUD, toujours même jeu.

Ah! Tortoni, voilà l'argument décisif. Le Boule-
vard, voilà ce qui te fait peur, et toi qui n'as jamais
reculé devant rien, tu trembles devant ce qu'on
appelle le Tout-Paris. Mais, puisque tu es un obser-

4.

vateur, tu n'as donc jamais remarqué que le Tout-Paris n'est fait qu'avec de la province ?

CHARMERETZ.

Qu'est-ce qui te dit le contraire ?

BERNAUD.

Voyons, tu n'as donc jamais remarqué cet air de sous-préfecture que prennent certains coins de Paris à l'heure où le crépuscule fait allumer les premiers becs de gaz ? Souvent, au détour d'une rue, il me semble soudainement reconnaître la maison où, tous les deux, nous avons passé notre enfance.

CHARMERETZ.

Oh ! elle n'était pas bien jolie, la maison, avec son perron moussu aux marches tout usées.

BERNAUD, avec une émotion contenue.

Oui, mais en haut, dans un grand salon, comme celui-ci (il montre le décor), il y avait tes parents, qui m'avaient refait une famille alors qu'était disparue la mienne, de braves gens que nous croyions bien ne jamais voir s'en aller.

CHARMERETZ, attendri.

Ils s'en sont allés, cependant.

BERNAUD.

Oui, un à un, ils l'ont descendu le vieux perron moussu aux marches tout usées.

CHARMERETZ, avec un attendrissement toujours croissant.

Et derrière, la maison est restée vide, si vide, que depuis, je n'ai jamais eu le courage d'y rentrer. (Il est très ému et s'assied sur la chaise près du guéridon, à droite.)

BERNAUD, avec une insistance amicale et un élan chaleureux.

Eh bien, c'est cette famille perdue, dont le souvenir encore emplit nos yeux de larmes, c'est elle que, par une pente invincible de nos aspirations, nous sommes venus chercher ici, chez Mme Harquenier, auprès d'Henriette; et tu l'as bien dit tout à l'heure, c'est tout cela que tu souffres de te voir voler par Piétrequin. Aussi, va donc selon ton cœur et méprise ce que l'on pourra dire, car ceux qui te railleront le plus, au demeurant, ont fait, ou feront comme toi. Puisque le bonheur se présente, ne t'étudie pas à le laisser échapper. Du courage, mon brave, et épouse Henriette, épouse-la.

CHARMERETZ.

Ainsi, tu as arrangé cela, toi! (Il se lève.) Tu tiens à me faire prouver aux badauds que j'ai plus de cœur encore qu'ils ne m'en refusent. Il faut que, avec la publication de mes bans, je déclare à tout venant que je mentais alors que je niais l'amitié et que je bafouais l'amour. C'est tout? (Passant à droite.) Eh bien soit! L'amitié existe, l'amour existe, il y a des tas de choses comme cela qui existent. Et c'est vrai, et je le prouverai.

BERNAUD.

Charmeretz, vraiment, ce n'est pas une plaisanterie. et tu dis bien ici ce que tu penses?

CHARMERETZ, fermement.

Oui, je le prouverai. D'ailleurs, il n'y a pas de danger, dit par moi, démontré par moi, ça aura encore l'air d'un paradoxe.

BERNAUD.

Alors, sincèrement, tu acceptes d'épouser Henriette à la place de Piétrequin.

CHARMERETZ, avec conviction.

Oui, j'accepte. Tiens, merci, tu m'as décidé. Ce que tu viens de me dire là, je me l'étais répété souvent, mais je me défendais contre moi-même. Et pourtant, oui, j'étais bien las d'entrer dans les cafés le soir, et de demander au garçon un bock et tout ce qu'il faut pour aimer. En résumé, vois-tu, c'était bête et c'était lâche, j'avais peur d'être tout seul de mon opinion.

BERNAUD.

Alors c'est entendu, tu feras la demande ?

CHARMERETZ.

Oui, seulement, avant de rien tenter auprès de Mme Harquenier, il faut d'abord que je parle à Henriette, et que je m'assure de ses propres sentiments.

BERNAUD.

C'est juste. Donc, tu lui parleras ? Bien sûr ?

CHARMERETZ, avec une inquiétude comique.

Tu doutes de moi, sceptique?

BERNAUD, avec effusion.

Oh! non, va! Merci.

CHARMERETZ, même jeu.

Pas du tout, mon très cher, c'est moi qui te remercie. (Charmeretz et Bernaud se serrent la main. Henriette au bras de Piétrequin et Madame Harquenier, apparaissent au fond du théâtre.)

SCÈNE X

LES MÊMES, HENRIETTE, PIÉTREQUIN, MADAME HARQUENIER, puis MARCELINE.

HENRIETTE, apercevant Bernaud et quittant le bras de Piétrequin.

Ah! Bernaud, bonjour, Bernaud. Eh bien, quoi donc, c'est ma fête, et vous ne m'embrassez pas? (Bernaud ne bouge pas.)

BERNAUD, doucement.

Je vous demande pardon, Henriette, mais nous sommes seulement des camarades, et nous ne pouvons nous donner qu'une poignée de main. (Il lui tend la main Henriette la serre avec désappointement.)

MARCELINE, entrant.

Madame est servie,

MADAME HARQUENIER, à Bernaud et à Henriette.

Allons, pas tant de cérémonie, et venez à table.
(Elle prend le bras de Bernaud et se dirige vers la salle à manger.)

HENRIETTE, montrant le bouquet de Charmeretz en même temps
qu'elle prend le bras de Piétrequin.

Je vous remercie de votre bouquet, Charmeretz.

CHARMERETZ, regarde Henriette qui se dirige vers la salle à manger
au bras de Piétrequin, puis, avec une décision attendrie et ironique :
Ah ! du fruit défendu qui n'aurait pas encore été
mangé ! (Il sort avec les autres personnages.)

(Rideau.)

FIN DU PREMIER ACTE.

ACTE DEUXIÈME

Le décor du premier acte.

SCÈNE PREMIÈRE

HENRIETTE, assise sur une chaise auprès du guéridon, à droite,
CHARMERETZ, assis auprès d'elle.

CHARMERETZ.

Concluons, j'offre de vous épouser, et vous préférez épouser Piétrequin?

HENRIETTE.

Parfaitement.

CHARMERETZ.

Très bien. Alors à quelle heure passe le premier train pour Paris?

HENRIETTE.

Vous vous en allez?

CHARMERETZ.

Oui, je m'en vais. J'étais venu aujourd'hui sachant que je vous trouverais seule et que je pourrais vous parler tout à l'aise. C'est fait (il se lève et remet en place, devant le piano, la chaise sur laquelle il était assis) ; maintenant, ici, je n'ai plus de raison d'être.

HENRIETTE.

Vous n'attendez pas ma tante ?

CHARMERETZ.

Qui va revenir de Paris, tout à l'heure, chargée d'objets destinés à votre prochaine mise en ménage. Le fait est que ce sera pour moi un spectacle excessivement aimable à contempler. Vous êtes trop bonne, merci. D'ailleurs mon journal me réclame.

HENRIETTE.

Le *Mépris souverain ?*

CHARMERETZ.

Que j'ai fondé, oui Mademoiselle.

HENRIETTE.

Vous enverrez une dépêche.

CHARMERETZ.

A quoi bon ? Ma présence ici vous l'avez rendue inutile, et là-bas, moi, je la juge nécessaire.

HENRIETTE, se levant.

Puisque vous y tenez.

CHARMERETZ.

Veuillez m'excuser auprès de votre tante.

HENRIETTE.

Adieu.

CHARMERETZ.

Je vous en prie, n'est-ce pas? (Il lui baise cérémonieusement la main.) Adieu. (Il remonte, Henriette l'accompagne.)

HENRIETTE, à gauche, au moment où Charmeretz va ouvrir la porte.

Charmeretz !

CHARMERETZ, s'arrêtant.

Vous dites?

HENRIETTE.

Vous êtes fâché contre moi?

CHARMERETZ.

Moi?

HENRIETTE.

On le dirait.

CHARMERETZ, revenant.

Moi! fâché! de quoi? Du refus catégorique que vous m'avez signifié tout à l'heure?

HENRIETTE.

Oui.

CHARMERETZ, descendant encore.

Non. Vous ne voulez pas être ma femme, c'est une opinion que je comprends, seulement ce qui m'a...

HENRIETTE.

Vexé.

CHARMERETZ, près d'Henriette.

Vexé, vous avez dit le mot, c'est la médiocrité des raisons que vous avez alléguées. Vous avez tâché d'être polie, résultat : vous avez cessé d'être sincère ; et vraiment, de vous à moi, j'espérais mieux.

HENRIETTE.

Quand je vous disais que vous me gardiez rancune.

CHARMERETZ.

Oui.

HENRIETTE.

De cela seulement ?

CHARMERETZ.

Oui.

HENRIETTE, elle lui enlève son chapeau des mains, lui prend le bras, le force à descendre et à s'asseoir à droite sur la chaise où elle se trouvait au début de l'acte.

Eh bien, asseyez-vous là, et écoutez. (Elle porte le chapeau sur la table, à gauche.)

CHARMERETZ.

Mais le train ?

HENRIETTE.

Il est trop tard. (Revenant.) Et puis il s'agit bien de votre train. (Elle prend la chaise placée devant le piano, s'appuie gentiment dessus du génou et des mains, puis :) Vous souhaitez connaître pour quelles raisons expresses j'ai repoussé vos avances ?

CHARMERETZ.

Mon Dieu oui.

HENRIETTE, avançant un peu vers lui avec la chaise.

Eh bien, c'est que vous me faites peur.

CHARMERETZ.

Peur? Moi? On m'avait toujours dit que j'étais d'une laideur sympathique.

HENRIETTE.

Je ne parle pas de votre individu physique, mais de votre être moral. Vous écrivez, Charmeretz.

CHARMERETZ.

On ne peut pas toujours rester à ne rien faire ; oui quelquefois, je travaille, par désœuvrement.

HENRIETTE.

Vous travaillez surtout à affecter de ne pas avoir de cœur.

CHARMERETZ.

Pardon, mais mon cœur, tout à l'heure, vous m'avez fait cruellement sentir qu'il était parfois dangereux de l'emporter avec moi.

HENRIETTE.

Vous voyez bien, quand on vous parle sentiment, c'est votre vanité qui répond.

CHARMERETZ.

Et mon indulgence qui vous excuse.

HENRIETTE.

Soit. (S'asseyant auprès de Charmeretz, avec un ton d'aimable étonnement.) Mais comment n'avez-vous pas démêlé combien peu nous étions faits l'un pour l'autre ? J'ai besoin de sympathie, moi ! Vous, quand il s'agit d'autrui, vous vous retranchez dans une indifférence suprême : vous regardez se dérouler la vie sans daigner vous mêler à ses joies, sans jamais frémir de ses colères. Vous constatez, rien de plus.

CHARMERETZ.

Je vous ferai remarquer que c'est déjà excessivement difficile.

HENRIETTE.

Peut-être ne commettriez-vous pas une mauvaise action, mais certainement vous ne tenteriez rien pour l'empêcher, et vous traversez sceptiquement les amertumes et les hontes, donnant un coup de lorgnon par-ci, un coup de plume par-là, sans jamais dire un de ces mots qui relèvent le courage de celui qui lutte et qui déconcertent ceux qui font mal.

CHARMERETZ.

Dans le temps, j'avais essayé, mais ils n'ont jamais voulu m'écouter.

HENRIETTE.

Une femme qui pleure, une âme qui souffre, un cœur qui aime, cela n'est rien pour vous qu'un beau sujet d'étude, et, si vous avez des amis, c'est que tous les jours, curieusement, vous suivez en eux les progrès de quelque passion, les conséquences de quelque faute. Vous pourriez les conseiller, vous pourriez les tirer d'embarras, mais non, vous demeurez impassible, et pour dissimuler que vous n'avez pas de cœur, vous dites : c'est la littérature.

CHARMERETZ.

Mademoiselle !

HENRIETTE, d'un ton d'excuse.

Pardon, mon ami, je vous dis là des choses. Peut-être...

CHARMERETZ.

Elles ne sont pas justes, mais, puisque j'ai manqué mon train pour les entendre, de grâce continuez.

HENRIETTE.

Pas justes ! Dans votre dernière œuvre, de qui encore vous êtes-vous moqué ?

5.

CHARMERETZ, d'un ton confidentiel.

De moi ! Je me suis montré si nature que tout le
le monde s'est reconnu. (Il passe à gauche.) Est-ce ma
faute ?

HENRIETTE, se levant et allant vers Charmeretz.

Et vous trouvez ça rassurant, vous ! Vous répondez
d'un air tranquille ! Vous trouvez tout simple que nos
imaginations les plus secrètes, l'intime même de nos
pensées ne soient plus à nous, avec votre littérature !
Eh bien, tenez, oui, c'est pour cela que j'ai eu peur.
J'ai tremblé qu'un jour, une à une, toutes mes déli-
catesses, toutes mes chères idées d'enfant, toutes mes
câlineries de femme, toutes ces pudeurs du cœur à
cœur de l'amour, tout cela que vous ne rencontrez
point chez celles-là qui sont vos maîtresses, j'ai craint
que toutes ces nouveautés, étudiées dans notre mariage comme dans un laboratoire d'expériences, tout
cela, constaté, noté, anatomisé sans pitié, ne fût un
jour étalé par vous dans l'odieuse publicité du feuil-
leton ou du livre !

CHARMERETZ.

Vous allez me flatter, prenez garde.

HENRIETTE.

Oui, j'ai eu peur que vous ne m'aimiez, non pour ce
que je suis, non pour ce que je puis valoir, mais pour
ce que je rapporterais à votre réputation et à votre
orgueil. J'ai eu peur que, me déshabillant moralement
toute vive, vous ne disiez au public : « Tenez, voilà ce

que j'ai vu dans ma femme. Hein? qu'en pensez-vous?
suis-je un homme assez fort? » Vous désirez la vérité,
la voilà. Êtes-vous satisfait maintenant? (Elle va se rasseoir à droite.)

CHARMERETZ, railleur et gêné. Il se rapproche lentement d'Henriette.

Très satisfait, et je trouve même que vous avez
raison, raison au delà de ce que vous soupçonnez.
Vous venez de me démontrer, et d'une manière irré-
futable, que, contrairement à ce que j'avais pris
plaisir à croire, eh bien, non, décidément, nous ne
sommes pas faits l'un pour l'autre. Vous m'avez
jugé, et sans le vouloir, en même temps, vous vous
êtes jugée vous-même.

HENRIETTE.

Moi?

CHARMERETZ, près d'Henriette.

Vous-même, ma chère enfant. Et de quoi me plain-
drai-je? Vous vous êtes montrée dupe de toutes les
apparences. Avec ce que vous imaginez être votre
perspicacité, vous n'avez pas vu que ces sceptiques et
ces observateurs qui passent pour insensibles, il est
certains jours où l'impatience des bassesses humaines
les prend comme une nausée. Alors, sans que vous les
sollicitiez, ils font tout ce que tout à l'heure vous leur
faisiez l'honneur de réclamer d'eux. Certains jours,
ils se jettent à la traverse des entreprises que vous
méprisez. Mais dignement (d'un mouvement d'impatience contenue, il remet devant le piano la chaise déplacée par Henriette), silencieusement, avec l'espoir fou qu'ils entraveront le

jeu de la fatalité, et l'irréalisable illusion qu'on leur
en tiendra compte. Ils se trompent alors, et vous, en
même temps, vous vous trompez sur eux.

HENRIETTE, se levant, avec effusion.

Charmeretz, je vous prie de croire...

CHARMERETZ, lui prenant le bras et lui frappant
amicalement sur la main.

Vous l'avez confessé en toute sincérité. Leur réputation vous égare et vous les condamnez quand il fau-
drait les comprendre. Et vous avez cent fois raison,
ma chère amie, vous et eux, vous ne pouvez pas vous
entendre. Vous les blâmez, et ils vous pardonnent.

HENRIETTE, même jeu.

Charmeretz, vraiment je vous aurais fait de la
peine?

CHARMERETZ.

Je vous répète qu'ils vous pardonnent. (Il passe à gauche
et prend son chapeau.) Et, résignés à vos sévérités, comme ils
sont résignés à la vie, ils trouvent encore la force de
se réjouir de leur faiblesse qui fut bonne, au moins
parce qu'elle a été courte. (Pendant ce temps, Marceline est
entrée à droite.) Mais je crois qu'on veut vous parler.

HENRIETTE.

Tu veux, Marceline?

MARCELINE.

Mademoiselle, la couturière est là qui vient pour
vous faire essayer votre robe.

HENRIETTE, fait un mouvement instinctif pour sortir, puis s'arrêtant.

Vous permettez, Charmeretz?

CHARMERETZ.

C'est votre robe blanche?

HENRIETTE.

Ma robe de noce, oui.

CHARMERETZ, allant vers elle avec un empressement ironique.

Oh! alors, allez, ma chère enfant. J'ai toujours remarqué avec ennui que les mariées étaient atrocement habillées par suite de la coutume qu'elles ont de s'adresser à des couturières qui ne les habillent point d'ordinaire. Comme mari, cela m'aurait humilié pour votre bon goût; puisque je ne dois plus être qu'un simple spectateur, j'ai encore tout intérêt à ce que votre toilette soit bien réglée. Faites au moins ça pour moi, je vous en prie.

HENRIETTE, gaiement.

Méchant! à tout à l'heure.

CHARMERETZ.

A tout à l'heure.

HENRIETTE, au moment de sortir.

Vous m'en voulez, je parie?

CHARMERETZ.

Dame!

HENRIETTE.

Voyons, bête, est-ce qu'il n'y a que moi? (Elle sort
à droite.)

SCÈNE II

CHARMERETZ, MARCELINE, puis BERNAUD.

CHARMERETZ, appelant Marceline qui va sortir avec Henriette.

Marceline? Pardon. Le bureau du télégraphe reste
ouvert jusqu'à quelle heure?

MARCELINE.

Cinq heures, Monsieur. Monsieur a une dépêche?

CHARMERETZ.
Oui, mais je la porterai moi-même. Merci.
(Il s'assied à gauche, sur le fauteuil, près de la table, et écrit rapidement.)

MARCELINE.

Ah! voici M. Bernaud. Il va vous tenir compagnie.
(Bernaud entre du fond et donne à Marceline son pardessus et son chapeau. Marceline sort à gauche.)

SCÈNE III

CHARMERETZ, BERNAUD.

CHARMERETZ.

La réponse que m'a faite Henriette, n'est-ce pas?
Voilà ce que tu viens savoir?

BERNAUD.

Oui, eh bien?

CHARMERETZ.

Eh bien, voilà.

BERNAUD.

Voilà, quoi? Allons, voyons, parle. Qu'est-ce qui
s'est passé?

CHARMERETZ.

Rien.

BERNAUD.

Comment rien? Tu n'épouses pas Henriette!

CHARMERETZ.

Non, refusé! Littérature, vice rédhibitoire. Ah!
voilà, nous avons donné des idées à Henriette, c'est
le malheur, et ces idées elle les tourne contre nous.
Nous lui avons appris à se défier : elle se défie; à
douter : elle doute. Nous lui avons parlé sérieuse-

ment, elle éprouve le besoin d'entendre des choses bêtes. Nous lui avons enseigné à ne pas croire aux sentiments faux, et elle ne sait plus distinguer les sentiments vrais. Est-ce qu'elle serait femme sans ça? Elle veut du cœur, eh bien qu'elle en ait, et que l'iétrequin lui en donne jusqu'au dégoût! Je ne m'en mêle plus.

BERNAUD, sèchement. Il descend en scène.

Alors tu te moques de tout, même de tes promesses. (Passant fiévreusement à droite.) J'ai eu tort de compter sur toi, c'est bon, je te remercie.

CHARMERETZ.

Est-ce que tu crois par hasard que je n'ai rien dit, rien fait, rien essayé? Eh bien, il ne manquait plus que cette aventure! Personne ne me prend plus au sérieux, pas même Bernaud! Dévouez-vous donc! Mais sais-tu qu'à la fin vous m'agacez tous avec vos soupçons et vos doutes! Sapristi! mais, si vous me supprimez le cœur, au moins prenez garde à mes nerfs!

BERNAUD.

Tes nerfs, ton cœur! Ah! je les connais. Avoue donc que tu as considéré la situation actuelle, en observateur, comme tu considères toute la vie. Ce qui se passe ici t'intéresse et t'amuse. Aussi en dépit de ton amitié, au mépris de ta parole, tu n'as rien fait de ce qu'il fallait faire, rien dit de ce qu'il fallait dire. Rien.

CHARMERETZ, se lève et va vers Bernaud.

Alors, toi aussi, tu m'accuses, toi aussi, voilà que tu me condamnes. Ah ! tiens !..... (Faisant un effort sur lui-même et se calmant.) Au fait, va, va, mon vieux, crois tout ce que tu voudras. Du reste, tout ceci est un peu notre faute. Vois-tu, avec nos analyses et nos finesses, nous n'entendons rien à rien, et ces petites filles-là, comme Henriette, nous blesseront toujours là où nous nous croyons le plus invulnérables. Ah ! voilà, elles ont des allures, des gentillesses, des grâces, des yeux qui nous attirent ; et certaines de nos journées, nous les considérons comme perdues, parce que leur pré-sence nous a manqué, et que ces yeux-là, nous ne les avons pas vus ! C'est à cause de ces yeux que nous voulons posséder le reste. (Il passe à gauche.) Imbéciles ! Nous leur demandons plus qu'elles ne peuvent donner.

BERNAUD, allant vers Charmeretz.

Pourquoi n'as-tu pas su décider Henriette?

CHARMERETZ, il remonte la scène avec impatience.

Ah ! pourquoi ? pourquoi ? (Il redevient maître de lui, redescend et dit à Bernaud, avec une voix d'émotion et d'ironie contenues.) Tiens, sais-tu un des vrais bons souvenirs de ma vie? C'est la rencontre d'une femme que je n'ai jamais revue. Moi je montais, elle, elle descendait l'escalier du pont des Arts. Sans s'être cherchés, nos deux regards se sont croisés, mêlés profondément. Et nous avons continué notre chemin sans nous retourner, sans nous vouloir autre chose que cette intimité d'une minute. Vois-tu, ici, c'est ce que nous aurions dû faire. Regarder Henriette le temps de nous assurer une joie et puis partir, et puis nous enfuir pour ne pas voir qu'un instant après, ce même regard qui nous paraissait si bon, elle le donnerait à un autre, sans méchanceté pourtant, et par pure inconscience. (Il remonte au bout de la table, à gauche.)

BERNAUD.

Va-t'en, si tu veux. (Passant à gauche, devant la table.) Mais moi, je ne peux pas, je ne dois pas, je ne veux pas.

CHARMERETZ.

A ton aise. Reste. Seulement ne compte plus sur moi. Je ne me mêle plus de rien. Pour l'agrément que ça rapporte! Ah! j'avais bien besoin de me faire des choses à oublier. Adieu. (Il remonte.)

BERNAUD, à gauche de la table.

Eh bien adieu! mais je te jure bien que ce mariage ne se fera pas.

CHARMERETZ, se retournant.

Qui l'empêchera?

BERNAUD.

Moi.

CHARMERETZ, incrédule.

Toi?

BERNAUD, énergique.

Il le faut bien, puisque tu te dérobes. Je parlerai à Henriette, je supplierai Mme Harquenier.

CHARMERETZ.

Qu'est-ce que tu leur diras? Laisse donc faire! le hasard mène la vie et la dirige mieux que nous.

BERNAUD, vivement.

Quand je te disais que tu n'avais rien tenté. Eh bien, non! moi, je me refuse à tes doctrines de désespérance. C'est trop facile de nier tout, quand on ne veut rien faire. (Charmeretz fait un geste de discrète raillerie.) Ah! tu as beau sourire, tant pis, moi, j'agirai, j'accomplirai ce que je tiens pour un devoir. Ce devant quoi tu as reculé, eh bien, moi, je l'essayerai.

CHARMERETZ.

Ainsi, sérieusement, tu crois que... (Bernaud lui tourne le dos.) Ainsi, tu me gardes rancune? (Douloureusement.) Au fait, va, ça ne serait pas complet si tu n'étais pas injuste. (Il remonte vers la porte du fond.)

BERNAUD.

Tu me quittes?

CHARMERETZ, d'une voix très amicale.

Non, je vais seulement au bureau du télégraphe, porter une dépêche. Tu ne m'accompagnes pas?

BERNAUD.

Non, j'attends Henriette.

CHARMERETZ, près de la porte du fond.

A ton aise, mon bon. Tâche d'être plus heureux

que moi et d'avoir autant de chance qu'il te reste
encore d'illusions. A tout à l'heure. (Il sort.)

SCÈNE IV

BERNAUD, MARCELINE.

Bernaud reste seul un instant. Il s'assoit, près de la table, sur le fauteuil,
à gauche, et feuillette d'une main fiévreuse le grand album de photographies.

MARCELINE, elle s'approche de Bernaud absorbé.

Monsieur dîne ?

BERNAUD, tiré en sursaut de ses réflexions.

Je... Moi... Oui, Marceline, je dîne. M. Charmeretz
aussi dînera.

MARCELINE.

Bien, Monsieur. (Bernaud continue à feuilleter l'album. Marceline remonte.)

HENRIETTE, entrant.

Ah, Marceline, la couturière a quelques retouches
à faire. Donne-lui tout ce dont elle aura besoin. Va.

MARCELINE.

Bien, Mademoiselle. (Elle sort à gauche.)

SCÈNE V

HENRIETTE, BERNAUD.

HENRIETTE, du fond.

Tiens, Bernaud.

BERNAUD.

Oui, moi.

HENRIETTE, s'approchant.

Bonjour, Bernaud.

BERNAUD.

Bonjour, Mademoiselle. (Un silence d'inquiétude et de gêne.)

HENRIETTE, reprenant.

Vous n'avez pas l'air gai? Qu'est-ce que vous regardez donc là, des portraits? (Elle s'accoude au bout de la table, à gauche.)

BERNAUD.

Oui, des photographies, et c'est attristant de voir sur toutes ces têtes, combien la vie fatigue et de quelle façon elle vous domestique. Ah! vous avez là un joli musée de courbatures.

HENRIETTE.

Vraiment! Alors quand vous êtes comme ça, devant

un album, à regarder des physionomies, des physionomies de jeunes personnes, il n'y en a pas une quelquefois, pour laquelle vous vous sentiez quelque chose
(elle montre sur le vêtement de Bernaud la place du cœur) là ?

BERNAUD, froidement.

Non.

HENRIETTE.

Vraiment, il n'y en a pas une que vous aimeriez
aimer ?

BERNAUD, même eu.

Je n'ai jamais essayé.

HENRIETTE.

Avez-vous seulement jamais aimé ?

BERNAUD.

Quelquefois.

HENRIETTE.

Pourquoi faire ?

BERNAUD.

Comment pourquoi faire ?

HENRIETTE.

Mais oui, puisque vous m'en avez jamais rien dit
et qu'on n'en a jamais rien vu. Ça ne se montre pas
ces choses-là ? C'est à huis clos ? Hein ? Pourquoi
faire, dites, avez-vous aimé ?

BERNAUD.

Pour savoir ce que c'est que l'amour et pour pouvoir en parler, mais je ne m'en sers pas, comme des autres arts d'agrément. J'ai appris, voilà tout. J'ai essayé de comprendre pour devenir plus indulgent. Et vous ?

HENRIETTE ne répond pas immédiatement. Elle s'assoit sur la chaise, à côté de la table, en face de Bernaud, puis :

Vous me semblez amer et railleur, comme Charmeretz. Qu'est-ce que vous avez ce soir ?

BERNAUD.

Vous ne me répondez pas.

HENRIETTE.

A quoi ?

BERNAUD.

A la question que vous m'avez faite. Vous aussi, quand vous tenez un album et que vous regardez des photographies, parmi ces portraits, il n'y a point, par hasard, le portrait d'un homme que vous aimeriez aimer ?

HENRIETTE, avec hésitation.

Non.

BERNAUD.

D'un homme que vous aimeriez avoir pour mari ?

HENRIETTE.

Non.

BERNAUD.

Pourtant s'il était dans le commerce ?

HENRIETTE.

Non.

BERNAUD.

Vous tenez peut-être à la beauté du nom ? Eh bien alors, s'il s'appelait Piétrequin ?

HENRIETTE.

Piétrequin ?

BERNAUD.

Oui, et s'il ressemblait à celui-ci ? (Il retourne l'album et lui montre violemment un portrait.)

HENRIETTE, douloureusement, fermant l'album.

Ah ! mon pauvre ami. Hélas, que voulez-vous ? le cœur ne tombe pas toujours du côté où il penche.

BERNAUD.

Alors Henriette... (Il se lève.)

HENRIETTE.

Alors ! (Elle se lève, recule, puis avec éclat :) Mais vous ne voyez donc rien ; mais vous ne comprenez donc rien ?

Comment, ici je n'obéis qu'à vous. Depuis mon enfance, j'ai toujours fait tout ce que vous vouliez. J'avais dit non. Ma tante grondait, se fâchait. Rien du tout. Et vous d'une parole, d'un coup d'œil, vous pliiez mes résistances d'enfant gâtée. Je cédais avec satisfaction, sans me défendre, parce que c'était vous, simplement. (Montrant le piano.) Vous me poussiez à jouer de la musique qui m'assommait. (Montrant des livres.) Je lisais des auteurs que je trouvais insipides, je les lisais parce que vous les préfériez et que votre souvenir était là pour me consoler dans l'ennui de leurs pages. Et je ne m'en plaignais pas, je n'avais plus d'entêtement que pour vous aimer. Ah! çà, par exemple, m'en faire démordre, je vous en aurais bien défié! (Elle est auprès du piano, à droite, et tourne le dos à Bernaud.)

BERNAUD, allant vers Henriette.

Vraiment, Henriette, c'est impossible!

HENRIETTE, se retournant vers Bernaud.

Impossible, dites-vous, et pourquoi? Comment, vous m'élevez, vous m'apprenez l'horreur de la vulgarité. Vous m'avez donné vos idées, vos admirations, vos haines! Ah! ceux-là ont grandement raison, qui répandent le bruit que je suis votre élève. (Marchant vers Bernaud.) Et quand je viens vous dire : me voici, je suis toute à vous, je vous appartiens tout entière, vous hésitez, vous n'avez pas l'air de comprendre. Quand je ne demande pas mieux que de devenir votre femme, vous, vous ne tentez rien, rien, pour devenir mon mari.

BERNAUD.

Votre mari, Henriette! Ah! pardonnez-moi. Mais vous n'avez pas dû réfléchir aux paroles que vous prononcez, autrement...

HENRIETTE.

Autrement! Autrement quoi? (A droite, près du guéridon.) Ah! tenez, vous aussi, vous êtes comme Charmeretz. Vous vous moquez de moi. Vous prétendez que vous avez de l'affection pour moi. Allons donc! Vous faites semblant. Mais en réalité vous ne m'aimez pas, jamais vous ne m'avez aimée, jamais!

BERNAUD.

Moi?

HENRIETTE.

Vous voyez bien, puisque vous me faites de la peine. (Elle s'assoit en pleurant, sur la chaise, auprès du guéridon.)

BERNAUD, tournant autour d'elle.

Mais ni vous non plus, Henriette, vous ne voyez donc rien, ni vous non plus vous ne comprenez donc rien? Oui, j'avais deviné que vous m'aimiez! Un soir, Marceline était absente, vous me reconduisiez la lampe à la main pour m'éclairer dans la nuit de l'escalier, et, en me quittant, vous m'avez serré les doigts d'une façon telle que j'ai eu peur, peur de moi-même. Un instant, dans l'ombre, où nous étions seuls, une envie folle m'a prise de vous sauter au cou. (Henriette le regarde.) Oui. — Je m'en suis défendu

par crainte de vous donner des espérances irréalisables.

HENRIETTE.

Irréalisables ? Pourquoi ?

BERNAUD, allant au milieu de la scène.

Pourquoi ? C'est que, si j'avais pensé qu'un jour
vous eussiez pu devenir ma femme, ce n'est pas en
cachette que je vous aurais embrassée comme un
collégien ou un Don Juan. Ç'eût été en plein salon,
devant votre tante, à qui j'aurais dit : « Vous m'avez
longtemps laissé être son camarade, maintenant per-
mettez-moi d'être son mari. »

HENRIETTE.

Eh bien, alors ?

BERNAUD.

Eh bien ! non, je n'ai point voulu ! (Passant violemment
à gauche.) Est-ce que je suis riche, moi ! Est-ce que je
peux seulement vous donner le bonheur matériel,
moi ! Vous offrir légitimement le bras d'un employé,
n'est-ce pas ? (revenant au milieu de la scène) le maigre gri-
gnotement de deux mille cent francs par an ! (remontant)
à vos élégances, la même robe pour chaque saison, le
marché à faire vous-même, toutes les tristesses aiguës
d'un ménage sans argent et sans bonne ; et, pour dis-
traction, le soir, quelquefois, la musique écoutée en
fraude autour des cafés-concerts, ou une chaise, aux
Champs-Élysées, dans la poussière, le dimanche,

pour voir passer les voitures de place dans lesquelles
notre misère nous interdira de monter.

HENRIETTE.

Bernaud !

BERNAUD, revenant vers elle, et tendrement.

Mais au moins, ce bonheur du coin du feu que je
ne pouvais vous donner moi-même, j'espérais pouvoir vous l'offrir dans un autre, et que votre mari,
comme jadis vos poupées, aurait encore été de mon
choix. J'espérais qu'un autre vous aimerait comme
je vous aime, en étant riche comme je ne le suis pas.
Charmeretz, oui, celui-là, je ne demandais pas
mieux ; mais Piétrequin ! (il va vers la table, et frappe sur
l'album) ah ! non, pas Piétrequin, pas Piétrequin !

HENRIETTE, se levant.

Vous voulez m'empêcher d'épouser M. Piétrequin ?

BERNAUD.

Oui.

HENRIETTE, allant à Bernaud.

Eh bien, mon cher Bernaud, il en est temps encore.
Vous pouvez demander à ma tante. La vie avec vous,
mon ami, quelle qu'elle soit, je l'aime et je l'accepte.

BERNAUD, passant devant la table.

Hélas ! si je pouvais !

HENRIETTE.

Que prétendez-vous dire?

BERNAUD.

C'est que je ne suis pas libre.

HENRIETTE.

Pourquoi pas libre?

BERNAUD, à gauche de la table.

Henriette, Henriette, je vous en supplie, ne me demandez plus rien, ne me forcez pas à vous faire de douloureuses confidences!

HENRIETTE, très simplement.

Je ne croyais pas, Bernaud, qu'il était des choses que vous n'oseriez jamais me dire. Et quelle lâcheté avez-vous donc faite que vous redoutez de parler?

BERNAUD, même jeu qu'Henriette.

Une lâcheté! Vous ne croyez pas que j'ai commis une lâcheté, j'espère?

HENRIETTE, toujours même jeu.

Alors, dites-moi pourquoi vous n'êtes pas libre?

BERNAUD.

Eh bien! soit. Alors, pardonnez-moi, Henriette, ce que vous allez entendre, mais c'est vous qui l'avez voulu. J'ai une maîtresse.

HENRIETTE, d'un mouvement de dépit, dérange la chaise qui est auprès de la table, et, traversant silencieusement la scène, va jusqu'à la chaise auprès du guéridon. — Puis, d'un ton pincé :

Elle est jolie?

BERNAUD.

Je ne l'ai jamais vue que le soir.

HENRIETTE.

Jeune?

BERNAUD.

Est-ce qu'on sait!

HENRIETTE.

Spirituelle?

BERNAUD.

Nous n'avons jamais dit que les mots indispensables.

(HENRIETTE, de plus en plus impatientée.)

Mais quoi, alors, quoi? qu'est-ce qu'elle est? Mais parlez donc !

BERNAUD.

Elle est demoiselle de magasin et gagne quarante francs par mois.

HENRIETTE, dédaigneusement.

Vous, Bernaud, avec une demoiselle de magasin. Ah! fi donc!

BERNAUD, avec véhémence. Il va vers Henriette.

Eh bien! oui, pourtant, c'est cela! A tout prix il me fallait, je ne dis pas une raison, un prétexte pour ne plus venir ici, auprès de vous, dans cette maison où m'attirait malgré moi la sollicitation de tant d'années d'habitude. Il me fallait échapper à ce charme pénétrant qu'on subit quand même dans la fréquentation d'une jeune fille, surtout quand cette jeune fille est comme vous. Je voulais fuir, mais il me fallait un endroit où aller. Je ne voulais plus vous parler, de peur de vous parler autrement que je n'aurais dû. Mais nous avons tous au fond du cœur je ne sais quoi de tendre que, bon gré mal gré, il nous faut exprimer, n'importe à qui. Il me fallait un bras sur le mien pour remplacer votre bras dont je me reculais. Eh bien, j'ai cherché. (S'éloignant peu à peu d'Henriette.) Et douloureusement, mais victorieusement, j'ai pris l'habitude d'un autre chemin, d'une autre maison, serré une autre main quand la porte s'ouvre au coup de sonnette connu. Voilà! Et je donne, de ma poche et de mon cœur vidés, assez d'argent pour une toilette, assez de baisers pour un amour; et je fais peut-être une heureuse avec le trop peu qui vous aurait fait souffrir. (Il est à gauche, près de la table.)

HENRIETTE, assise sur la chaise, auprès du guéridon.

Résignation pour résignation, mon pauvre ami. Si vous vous êtes résigné à votre maîtresse, je puis bien me résigner à mon mari.

BERNAUD.

Non pas!

HENRIETTE.

Tout ça c'est de la tristesse qui se vaut. Nous avons
tous nos Piétrequin.

BERNAUD.

Piétrequin! vous ne l'épouserez pas, vous entendez!
je veux vous défendre contre cette humiliation...

HENRIETTE, se levant, avec une colère douloureuse.

Contre cette humiliation !

BERNAUD.

Contre cette humiliation et contre cette souillure.
Mais oui! Comprenez donc qu'en dépit de cette
liaison que je vous avoue fièrement, car c'est à cause
de vous que je l'ai formée, c'est vous, vous que
j'aime. (Se rapprochant d'Henriette.) J'ai pu prendre une
maîtresse, l'existence est faite de ces pis-aller, et
je puis la subir sans déshonneur, parce que je suis
un homme. Au lieu que vous, vous ne pouvez pas
épouser Piétrequin. (Tournant autour du guéridon.) Voyons,
vous ne savez donc pas le nom naturel de ces unions
sans amour toutes de nécessité et d'obéissance? Et
puis, d'ailleurs, vous êtes à moi (Henriette le regarde),
tout entière.

HENRIETTE reculant avec un étonnement mêlé de colère.

A vous?

BERNAUD, s'exaltant davantage à mesure qu'il parle.

Vous le disiez tout à l'heure et vous aviez raison.

(Allant vers Henriette.) Oui, ce que vous avez d'idées, c'est à moi ! Tenez, même ce que vous avez de toilette. (Tournant autour d'elle et détaillant son costume.) C'est à moi, cette façon de vous coiffer. C'est moi qui ai donné des conseils pour cet ajustement. C'est à moi, cette manière de porter vos bijoux. (Passant à gauche, au bout de la table.) A moi, à moi, en vous, qu'est-ce qui n'est pas à moi ?

HENRIETTE, allant à Bernaud, d'un ton de menace.

Bernaud, je vous en prie !

BERNAUD, de plus en plus exalté.

Tenez, ce geste d'impatience, il est encore le mien. (Il passe à gauche de la table.) Et vous iriez donner tout cela à Piétrequin ? Allons donc ! Je suis jaloux, n'est-ce pas ? Vous vous dites que je suis jaloux. Eh bien, après ? Quand ce serait !

SCÈNE VI

LES MÊMES, MADAME HARQUENIER, PIÉTREQUIN, puis CHARMERETZ.

HENRIETTE se détourne, elle aperçoit Madame Harquenier qui entre avec Piétrequin et se jette dans ses bras.

Ma tante, ma tante !

7.

MADAME HARQUENIER, poussant Henriette vers la droite.

En voilà un bruit! Comment, c'est Bernaud! (A Henriette.) Mais, qu'est-ce qu'il te raconte? Te voilà toute en larmes.

BERNAUD, la voix très haute.

Je lui dis, Madame, ce que d'autres avant moi auraient dû lui dire. (Charmeretz entre de la gauche.) Je dis à Mademoiselle Henriette que, pour elle, il y a une véritable honte morale à épouser cet homme! (Il indique Piétrequin.)

MADAME HARQUENIER, descendant en scène, d'un ton très digne
et très ferme.

Et je vous répète, moi, qu'elle l'épousera.

CHARMERETZ, à Bernaud.

Quand je te disais que tu aurais mieux fait de te taire.

MADAME HARQUENIER, même jeu.

A vous aussi, Charmeretz, je vous répète qu'elle l'épousera. Qu'est-ce que c'est que ces résistances contre ma volonté?

CHARMERETZ, conciliant.

En vérité, Madame!

MADAME HARQUENIER, toujours même jeu.

Et si cela vous déplaît, Monsieur Bernaud, si cela vous offusque, Monsieur Charmeretz, la porte est grande ouverte et vous savez par où l'on sort.

BERNAUD, avec violence, montrant Piétrequin.

Certainement, Madame, par où entrent les gens de la posture de Monsieur.

PIÉTREQUIN, qui est descendu à droite, devant Henriette,
face à face avec Bernaud.

Prends garde, Bernaud.

CHARMERETZ, sèchement.

Tu auras affaire à moi, Piétrequin.

MADAME HARQUENIER, se mettant entre Bernaud et Piétrequin.

Ne vous emportez pas, mon ami, vous êtes chez moi, et je ne permettrai pas qu'on vous insulte ici. (Appelant.) Marceline ! (Puis, poussant Henriette et Piétrequin vers la porte de droite.) Puisque ces Messieurs s'obstinent à rester, venez, mon neveu, viens, Henriette, c'est nous qui allons leur céder la place.

CHARMERETZ.

Mais vous n'y songez pas, Madame !

MADAME HARQUENIER, sur la porte de droite, à Marceline
qui apparaît sur la porte de gauche.

Marceline, donnez les pardessus à ces messieurs. (Elle sort avec Henriette et Piétrequin.)

SCÈNE VII

CHARMERETZ, BERNAUD, puis MARCELINE.

BERNAUD, allant vers la porte de droite.

Madame, je vous en conjure, au nom de notre

vieille amitié ! (La porte se ferme avec bruit, personne ne répond. S'appuyant sur le piano.) Oh ! ce Piétrequin ! je le tuerai.

CHARMERETZ, avec une affectation de bonne humeur.

Allons donc ! Tu as lu de mauvais livres, la littérature te perd. Voyons, est-ce que dans la vie il y a des duels comme dans les romans ?

BERNAUD, allant vers Charmeretz.

Je te dis que je le tuerai.

CHARMERETZ, même jeu.

Ne dis donc pas de bêtises. (Confidentiellement.) Piétrequin a des billets impayés. Crois-moi, va, la faillite c'est moins héroïque, mais c'est singulièrement plus sûr.

MARCELINE, apportant le pardessus et le chapeau de Bernaud,
arrive entre les deux amis.

Vraiment, Monsieur Bernaud, c'est donc tout de bon que vous vous en allez ? Mais qu'est-ce que Mademoiselle va devenir sans vous ?

BERNAUD.

Et moi, qu'est-ce que je vais devenir sans elle ? Adieu, Marceline, adieu. (Il remonte.)

MARCELINE, retournée vers Charmeretz.

Faut-il que j'aie vécu assez vieille pour voir ce brave cœur-là sortir pour j mais de la maison !

CHARMERETZ, la consolant gaîment.

On vous le ramènera, Marceline, et je m'en charge. Au revoir, Marceline. (Il lui donne une grande poignée de main, remonte auprès de Bernaud et sort avec lui par le fond. Marceline les regarde partir.)

(Rideau.)

FIN DU DEUXIÈME ACTE.

ACTE TROISIÈME

---

*Le décor des deux premiers actes. — La nuit tombe.
Au lever du rideau, la scène est éclairée seulement
par le feu flambant dans la cheminée.*

SCÈNE PREMIÈRE

MADAME HARQUENIER, HENRIETTE. (Madame Har-
quenier est assise à gauche, dans le fauteuil, près de la table. Henriette
au piano, joue dans la partition, ouverte sur le pupitre, le dernier appel
du héraut au premier acte du *Lohengrin*.)

MADAME HARQUENIER.

Henriette?

HENRIETTE, sans cesser de jouer.

Ma tante !

MADAME HARQUENIER.

Qu'est-ce que c'est que cet air que tu joues?
(Silence.) Hein? — Oui, tu n'oses pas me le dire,
mais je le reconnais bien, va ! C'est l'air qu'aimait

Bernaud. (Henriette continue à ne pas répondre.) Ah ! tu peux parler. Je ne me fâcherai pas, car Bernaud, à présent, je le regrette autant que toi.

HENRIETTE, parlant, tout en continuant de jouer.

Ce pauvre Bernaud ! Alors vous vous êtes rendu compte, ma tante, combien vous vous êtes montrée dure à son égard ?

MADAME HARQUENIER.

Certainement ! Est-ce que j'ai jamais prétendu le contraire ? Aussi c'est pour cela que je souffre, car je t'ai fait bêtement passer à côté du bonheur !

HENRIETTE, toujours même jeu.

Je vous en prie, ne vous tourmentez pas et ne m'enlevez pas ainsi tout mon courage. Puisque c'est fini, bien fini. (Une pause.)

MADAME HARQUENIER.

La nuit tombe, ma mignonne. Tu ne vois plus clair, tu devrais allumer les bougies du piano.

HENRIETTE.

Ce n'est pas la peine, je joue de mémoire.

MADAME HARQUENIER.

Ça ne fait rien. Je vais toujours demander les lampes. (Appelant.) Marceline ! Je n'aime pas cette obscurité, et toutes ces ténèbres me font l'effet de m'entrer dans le cœur.

HENRIETTE.

A votre aise, ma tante.

SCÈNE II

LES MÊMES, MARCELINE.

MARCELINE, entrant de gauche.

Madame désire ?

MADAME HARQUENIER.

De la lumière.

MARCELINE.

Bien, Madame. (Elle sort. Pendant ce temps, Henriette a achevé de finir l'invocation d'Elsa.)

SCÈNE III

MADAME HARQUENIER, HENRIETTE.

MADAME HARQUENIER, au moment où le piano se tait.

Henriette, tu devrais bien mettre une bûche au feu. (Henriette se lève, traverse la scène, va à la cheminée.) Quelle heure est-il donc ?

HENRIETTE, regardant la pendule.

Cinq heures moins le quart.

MADAME HARQUENIER.

Je crois que la pendule avance un peu.

HENRIETTE.

Non ! c'est que la nuit vient vite au mois de novembre. (Elle redescend près de Madame Harquenier.)

MADAME HARQUENIER.

Écoute, qu'est-ce qu'on entend ?

HENRIETTE.

Une voiture. (Elle monte rapidement au fond.)

MADAME HARQUENIER.

Enfin, quelqu'un qui vient nous voir, sans doute.

HENRIETTE, avec regret.

Non ! la voiture passe. (Elle redescend et dit, auprès du piano :) C'était le laitier. (Puis, elle va s'asseoir sur la chaise, auprès du guéridon. Les deux femmes, à droite et à gauche de la scène, sont alors dans la position où elles se trouvaient au lever du rideau du premier acte.)

MADAME HARQUENIER.

Comme nous sommes seules !

HENRIETTE.

Oui, maintenant, nous sommes bien seules.

MADAME HARQUENIER.

Depuis trois mois, Piétrequin ne vient plus.

HENRIETTE.

Oui, lui aussi ne vient plus.

MADAME HARQUENIER.

Et nous ne recevons même plus de ses lettres !
Aussi, je ne sais par quel pressentiment, il me
semble à présent que ton mariage ne se fait plus.

HENRIETTE.

Eh bien, quand il manquerait, mon mariage !
Après avoir su me résigner aux choses qui arrivaient,
allez, ma tante, si vos pressentiments deviennent une
réalité, je saurai me résigner du même cœur aux
choses qui n'arrivent pas. Soyez tranquille. (Marceline
entre de gauche, en portant une lampe. On hausse la rampe.)

SCÈNE IV

LES MÊMES, MARCELINE.

MADAME HARQUENIER, à Marceline.

Quoi ? Marceline ?

MARCELINE, au milieu de la scène.

C'est les lampes, Madame. (Elle pose une lampe sur le
piano. Elle retourne chercher une autre lampe et vient la placer sur la
table, près de Madame Harquenier.)

MADAME HARQUENIER.

Avez-vous regardé dans la boîte? Est-ce qu'il y a des lettres ?

MARCELINE, fouillant dans la poche de son tablier.

Oh ! une seule, Madame, et toute petite encore. (Elle montre une lettre.) Depuis qu'on a changé le facteur, il n'en vient presque plus de vos lettres. L'autre en apportait bien davantage.

MADAME HARQUENIER.

Bien, mettez-la sur la table.

MARCELINE, remontant.

Madame n'a plus besoin de rien ?

MADAME HARQUENIER.

Non, vous ferez le dîner pour sept heures et demie.

MARCELINE.

Bien, Madame.

HENRIETTE.

Tu fermeras les rideaux, n'est-ce pas, Marceline ?

MARCELINE.

Parfaitement, Mademoiselle.

Madame Harquenier règle la lampe. Marceline, au fond, ferme les rideaux. Dans le silence, cinq heures sonnent doucement à une horloge éloignée.

MARCELINE, au moment de sortir.

Ah ! ce n'est plus très gai, la maison d'ici, depuis trois mois que ces messieurs ont cessé d'y venir. (Elle sort à gauche.)

SCÈNE V

HENRIETTE, MADAME HARQUENIER.

HENRIETTE, elle va auprès de Madame Harquenier, puis :

C'est Bernaud qui nous écrit ?

MADAME HARQUENIER.

Bernaud ! Ah ! ce ne serait pas malheureux que ce Monsieur cessât de se faire prier. J'ai beau lui avoir écrit la première...

HENRIETTE, s'asseyant sur la chaise auprès de la table.

Vous lui avez écrit, ma tante ? Vous ne me l'aviez pas dit.

MADAME HARQUENIER.

Mais certainement, je lui ai écrit. Je n'y tenais plus ! Je lui ai même envoyé des excuses pour la rude façon dont je l'avais traité. Rien du tout. Jusqu'ici, Monsieur le susceptible n'a pas même daigné me répondre. Ah ! il est encore poli, celui-là ! Alors tu crois que cette lettre est de lui ?

HENRIETTE, regardant la lettre.

Non, c'est l'écriture de M. Piétrequin.

MADAME HARQUENIER, lisant la lettre des yeux.

En faillite ! Qu'est-ce qu'il y a donc là, Piétrequin est en faillite ?

HENRIETTE.

En faillite, Piétrequin ?

MADAME HARQUENIER.

Ce n'est pas possible, mes yeux doivent mal voir. Tiens, lis donc, toi, je t'en prie, lis. (Elle donne la lettre à Henriette.)

HENRIETTE, lisant.

« Je n'ai jamais dissimulé avec vous, Madame, vous savez quelles raisons, autant de tendresse que d'intérêt, m'avaient fait le fiancé de Mlle Henriette...

MADAME HARQUENIER.

Oui, il comptait sur toi pour donner de la considération à son commerce. Après ?

HENRIETTE, lisant.

« Mais depuis hier, mon commerce n'existe plus. Je viens d'être mis en faillite.

MADAME HARQUENIER.

En faillite ! Alors j'avais bien lu !

HENRIETTE, très simplement.

Oui, vous aviez bien lu. (Lisant.) « J'ai dépensé beaucoup de temps pour essayer d'échapper au dépôt de mon bilan. Vous vous expliquez ainsi pourquoi je suis si peu allé vous voir. Des machinations venues de vos amis, Madame, ont fait de moi une victime, et le succès de leur méchanceté m'oblige à vous rendre votre parole. Je me résous donc ici à un aveu dont vous ne méconnaîtrez pas la sincérité, et, en renonçant à Mlle Henriette, je me résigne (elle s'arrête un instant, puis d'une voix plus basse), je me résigne à un sacrifice qui n'est pas sans regret. J'aurai prochainement l'honneur de me présenter chez vous, afin de vous offrir mes excuses; en attendant, veuillez trouver à cette place, Madame, le nouvel hommage... »

MADAME HARQUENIER.

Alors, c'est vrai !

HENRIETTE.

Vous voyez.

MADAME HARQUENIER.

Il a déposé son bilan, et par conséquent il renonce à ta main ?

HENRIETTE.

Je vous ai lu ce qui est écrit, ma tante.

MADAME HARQUENIER, reprend la lettre, la lit à nouveau rapidement, la plie silencieusement, puis, se levant et passant à droite, d'un ton de satisfaction :

Eh bien, tant mieux !

HENRIETTE, vivement.

Qu'est-ce que vous dites donc, ma tante ? Comment, parce que M. Piétrequin refuse maintenant ma main qu'il a tant sollicitée, ma main que vous m'aviez... poussée à lui accorder, vous dites que c'est tant mieux ?

MADAME HARQUENIER, avec passion.

Oui, c'est tant mieux, ma mignonne. Enfin je suis donc délivrée ! délivrée de l'obsession de ton obéissance, délivrée de la soumission à laquelle je t'avais pliée, délivrée de mes angoisses, enfin, je suis donc délivrée de mes remords !

HENRIETTE.

Ma tante !

MADAME HARQUENIER.

Vois-tu, j'avais beau parler haut et faire la brave, je sentais bien qu'avec toute mon expérience, je te poussais à une irréparable folie. Et, sans cette faillite, sans cette bienheureuse faillite, le temps n'était pas éloigné où tu serais devenue malheureuse.

HENRIETTE.

Oh ! malheureuse. Voyons.

MADAME HARQUENIER.

Non ! je t'en prie. Laisse-moi te dire. Cela me fait du bien et me console de t'avouer ces choses. Il y a si longtemps qu'elles me hantent l'esprit, qu'elles tourmentent mon sommeil et que je suffoquais de ne pas oser parler ! Oui, tu aurais été malheureuse, par ma faute ! (Elle tombe assise sur la chaise près du piano.) Par ma faute !

HENRIETTE, allant vers elle.

Voyons, de grâce, calmez-vous, je vous en prie.

MADAME HARQUENIER.

Par quel aveuglement n'avais-je pas démêlé ces choses ! Mais non, voilà ! La passion m'emportait, l'égoïsme d'être la maîtresse, et je t'ai suppliée, excédée, presque contrainte ! Je t'ai fait souffrir, hein ? J'ai dû bien te faire souffrir. (Silence d'Henriette.) Tu vois, tu n'oses pas me répondre, tu n'oses pas me dire non ! Oh ! ma chère mignonne, pardonne-moi, pardon.

HENRIETTE.

Je n'ai pas à vous pardonner, ma tante. En me parlant comme vous le faisiez, vous croyiez bien faire et vous n'avez rien à vous reprocher.

MADAME HARQUENIER, se levant et marchant avec agitation.

Mais heureusement qu'il est temps encore, et que tout peut se réparer de mes imprudences. Va, va, les démarches ne me coûteront rien, ni les soumissions, ni les excuses. (Elle regarde la pendule.) Quelle heure est-il ? Cinq heures et demie. Eh bien, j'ai le temps d'aller à Paris, chercher Bernaud.

HENRIETTE.

Vous allez chercher Bernaud ! Vraiment ?

MADAME HARQUENIER.

Tu vas voir. (Appelant.) Marceline !

HENRIETTE, descendant à droite.

Faut-il vous croire, ma tante, et ce que vous faites, n'est-ce pas pour m'attrister encore ?

MADAME HARQUENIER, allant vers Henriette.

Ah ! voilà qu'elle n'a plus confiance, maintenant ! Voilà qu'elle s'imagine que je la trompe ! Mais puisque je te dis que je vais à Paris, et que je ramène Bernaud ici, pour dîner, en signe de fiançailles.

HENRIETTE.

Ne vous illusionnez pas, ma tante, et êtes-vous bien certaine que Bernaud voudra revenir?

MADAME HARQUENIER.

Eh bien, je voudrais bien voir le contraire !

HENRIETTE.

Après tout ce qui s'est passé...

MADAME HARQUENIER.

Puisque je lui ai déjà écrit.

HENRIETTE.

Mais il ne vous a pas répondu. Peut-être qu'il nous a oubliées.

(Marceline apparaît et reste sur la porte, à gauche.)

MADAME HARQUENIER.

Et c'est justement pour cela qu'il faut l'aller trouver. (A Marceline.) Vite, un manteau, un chapeau. (A Henriette, fébrilement.) Tu ne comprends donc pas, les tergiversations empêchent les rapprochements plus encore que les rancunes. Il ne faut pas laisser aux cœurs, même les plus tendres, le temps de se désaccoutumer de l'amour. Oui, tu as raison, tout s'efface à la longue, et il faut profiter de la passion alors qu'elle est encore une habitude. (Marceline rentre avec le chapeau et le manteau et aide Madame Harquenier, qui, les gestes précipités et la parole haletante, s'habille pendant la fin de la réplique.) Je vais prendre le train, je vais aller trouver Bernaud, et dans deux heures, tous les deux, nous sommes ici, réconciliés, et je lui dis : « Voici ma nièce, Bernaud, vous l'avez aimée jusqu'à la douleur, elle est à vous, je vous la donne. » Vous mettrez un couvert de plus, Marceline. (Marceline sort.)

HENRIETTE.

Ah ! vous avez beau dire, j'ai bien peur que Bernaud ne revienne jamais.

MADAME HARQUENIER, tendrement.

Enfant, et si je te le ramène ! Tiens, boutonne-moi mon gant. (D'un ton mélancolique et digne.) Et plus tard, quand tu seras enfin mariée avec l'homme que tu aimes, souviens-toi de ta vieille tante, et n'oublie jamais ce qu'elle t'a fait verser de larmes. Toutes les amertumes que je t'ai fait subir, tâche, je t'en supplie, de ne pas les faire subir à tes enfants. Ils auront assez à souffrir d'eux-mêmes. Je t'en prie, montre-toi plus sage que je n'ai été, et efforce-toi de tout ton courage pour qu'ils n'aient jamais à souffrir par ta faute. (Embrassant Henriette.) Allons, à tout à l'heure. (Elle remonte. Sur la porte, elle embrasse encore sa nièce.) A tout à l'heure. (Elle sort par le fond.)

SCÈNE VI

HENRIETTE, seule. Elle regarde partir Madame Harquenier, puis, avec un accent de tristesse sans espoir :

Ah ! mais non, mais non ! Le bonheur est impossible. (Elle descend jusqu'au piano, à droite.) Et Bernaud ne reviendra pas, car il n'est pas tout seul, lui ! (Allant à gauche auprès de la table, nerveusement.) Il n'est pas tout seul ! (Un temps. Elle aperçoit l'album de photographies, l'ouvre, considère les portraits, et comme s'encourageant elle-même par ses paroles, elle répète une phrase dite par Madame Harquenier.) Et ceux-là ont tout souffert, et d'eux-mêmes et des autres, sans jamais rien laisser paraître des blessures de leur vanité et des angoisses de leur cœur ! (Elle regarde un instant encore, et d'un geste de pitié douloureuse, laisse retomber la couverture de l'album. Ensuite, elle jette autour d'elle des regards désœuvrés. Puis, s'asseyant au clavier, avec des doigts rêveurs, joue le chœur accompagnant l'entrée de Lohengrin.)

SCÈNE VII

CHARMERETZ, HENRIETTE.

Charmeretz entre à gauche avec Marceline. Quand il voit Henriette au piano, il fait signe à Marceline de ne pas l'annoncer, et s'avance, doucement, sur la pointe des pieds. Marceline sort à gauche.

CHARMERETZ, à gauche du piano.

Alors, nous jouons toujours du Wagner ?

HENRIETTE, tressaillant.

Ah! j'ai eu peur. (Se levant et lui donnant une poignée de main.) Comment, c'est vous! (Gaîment.) Enfin! Bonjour, Charmeretz. C'est gentil cela de n'avoir point continué à nous bouder.

CHARMERETZ, descendant à gauche, sentencieux et gai.

J'ai observé que la rancune, à la longue, était aussi insupportable que l'amitié, et alors, ma foi, je me suis résigné à revenir. Mme Harquenier est là?

HENRIETTE.

Non. Vous ne l'avez pas rencontrée en route? Elle est allée à Paris.

CHARMERETZ.

C'est que nous n'aurons pas pris le même côté. Je suis venu, moi, par le chemin du haut.

HENRIETTE.

Et elle a pris par celui du bas. Vous passez la soirée avec nous, j'espère?

CHARMERETZ, avec une incrédulité comique.

Alors tout de même, vous voulez toujours de moi? Encore?

HENRIETTE.

Oui, encore.

CHARMERETZ, avec un élan sincère.

Tant mieux! Ah oui, certes, je la passe avec vous

9

la soirée. (Il descend, jette ses gants sur la table, et tournant autour de droite à gauche, regarde le salon avec satisfaction.) Il y a assez longtemps que vous me manquez, la maison, l'intimité (revenant vers Henriette), et, voulez-vous que je vous dise, eh bien, vous aussi, Henriette, vous me manquiez.

HENRIETTE, lui faisant une révérence.

Charmeretz !

CHARMERETZ.

Eh bien, quoi donc! Je dis ce que je pense. Ah! si vous saviez le bonheur que j'éprouve d'avoir retrouvé tout cela! Mais pardon, je vous parais égoïste. Et puis je vous dérange.

HENRIETTE.

Je vous assure...

CHARMERETZ.

Ne dites pas non. Je vous en prie, ne vous gênez pas, faites comme si je n'étais jamais sorti d'ici. Voyons, allez la musique. (Il ramène doucement Henriette près du piano.)

HENRIETTE, sans jouer, à Charmeretz, qui est debout à sa gauche.

Alors, vous aussi vous aimez ce morceau?

CHARMERETZ.

Moi, quel morceau?

HENRIETTE.

Tout à l'heure, vous avez dit : c'est du Wagner.

CHARMERETZ.

Ah ! j'ai dit ça ? Pas possible ? Peut-être bien. Pourtant ce n'est pas que je m'y connaisse, je vous en donne ma parole. Je sais seulement que c'est là un morceau que vous aviez appris exprès, et que vous jouiez toujours à Bernaud.

HENRIETTE.

A Bernaud ?

CHARMERETZ.

Oui.

HENRIETTE.

Malin, va. (Elle joue le commencement du chœur chanté à l'arrivée de Lohengrin. Charmeretz tourne autour d'elle, la regarde avec attendrissement et s'assoit sur la chaise, à gauche du guéridon. Henriette cessant brusquement de jouer :) Dites-moi, Charmeretz, est-ce que vous l'avez vu ?

CHARMERETZ.

Vu ? qui ?

HENRIETTE.

Bernaud.

CHARMERETZ, très affirmatif.

Oui, Mademoiselle.

HENRIETTE.

Et... qu'est-ce qu'il devient?

CHARMERETZ, même jeu.

Il va mieux.

HENRIETTE, surprise.

Il a été malade?

CHARMERETZ.

Malade, oui, et malade à mourir.

HENRIETTE.

Vous dites?

CHARMERETZ.

Je dis malade à mourir. Ça vous étonne, n'est-ce pas? Dame, après les émotions que vous lui avez amicalement causées ! Ah ! vous êtes dures, les femmes, quand vous vous y mettez.

HENRIETTE.

Charmeretz !...

CHARMERETZ.

Ça vient du cœur, je sais bien ! Mais sapristi, une fois par hasard, vous ne pourriez donc pas être indifférente, avec bienveillance.

HENRIETTE.

Vous dites que Bernaud a été malade ?

CHARMERETZ.

Tellement malade, Henriette, qu'il en est devenu méconnaissable.

HENRIETTE.

Bernaud ! lui ! vraiment ?

CHARMERETZ.

Méconnaissable. La première fois que je l'ai revu, il m'a effrayé ! Maintenant, l'air misérable, la démarche affaissée, les cheveux presque blancs...

HENRIETTE.

Voyons, vous exagérez, Charmeretz.

CHARMERETZ, faisant de la tête un signe négatif.

Les cheveux presque blancs, le corps guéri, peut-être, mais l'âme en débris ; s'il venait à passer près de vous, il vous semblerait une ruine vivante, et peut-être que vos yeux, Henriette (il se lève), peut-être que vos yeux mêmes ne le reconnaîtraient pas.

HENRIETTE, se levant, avec passion.

Mon cœur le reconnaîtrait quand même, Charmeretz, mon cœur qui ne l'a jamais oublié ! (Doucement.) Et lui, est-ce que par hasard, il ne se souvient plus de la maison ? Est-ce qu'il ne vous parle jamais de... nous ?

CHARMERETZ.

Jamais.

HENRIETTE, impatiente.

Regardez-moi voir bien en face. C'est bien vrai, ce mensonge-là?

CHARMERETZ, avec une tendresse un peu taquine.

A peu près. C'est moi qui lui parle de vous.

HENRIETTE, tristement.

Ah! vous êtes obligé de lui parler de nous ! (Elle passe à gauche et va s'asseoir sur la chaise près du guéridon.)

CHARMERETZ, chaleureusement et avec une grande conviction.

Et je lui dis que s'il y avait dans une maison, même dans une maison d'où l'on m'aurait chassé, s'il y avait une jeune personne qui m'aimât comme vous l'aimez, eh bien, maintenant qu'elle est libre de son Piétrequin...

HENRIETTE, simplement.

Comment, vous savez que Piétrequin ?...

CHARMERETZ, même jeu.

Est en faillite, oui, Mademoiselle, et je m'en flatte.

HENRIETTE, même jeu.

Mais qui donc vous a dit?

CHARMERETZ, même jeu.

Que vous importe? L'important, c'est que la faillite soit. (Insinuant et tendre.) Donc, je dis à Bernaud qu'à sa place, j'oublierais tout ce que j'ai supporté de cette jeune personne et de sa tante, et que, courageusement, je reviendrais près d'elle, et recommencerais d'aimer. Cette jeune personne, voulez-vous que nous l'appelions, Henriette ?

MARCELINE, entrant à gauche.

M. Piétrequin est là.

CHARMERETZ, étonné.

Piétrequin ? Qu'est-ce qu'il vient encore faire ici ?

HENRIETTE, simplement.

Il avait écrit à ma tante et nous annonçait sa visite. Vous permettez qu'il entre ?

CHARMERETZ.

Ne vous gênez pas, ma chère enfant. Au reste, ce Monsieur, je ne suis pas fâché de le rencontrer.

HENRIETTE, à Marceline.

Faites entrer M. Piétrequin.

MARCELINE, à Piétrequin, qui est sur la porte.

Mademoiselle vous attend, Monsieur ? (Elle fait entrer Piétrequin. Charmeretz monte à droite, près du piano, feuillette nerveusement des journaux.)

SCÈNE VIII

LES MÊMES, PIÉTREQUIN.

PIÉTREQUIN, entrant, à Henriette, qui est debout, à droite.

Mademoiselle, j'ai l'honneur de vous présenter mes derniers hommages.

HENRIETTE.

Monsieur. (Elle lui fait signe de s'asseoir près de la table.)

PIÉTREQUIN à Charmeretz, d'un air railleur.

Bonjour, Charmeretz.

CHARMERETZ, sèchement.

Bonjour.

PIÉTREQUIN, même jeu.

Quoi donc? On dirait que tu n'es pas heureux de me rencontrer.

CHARMERETZ, avec une dureté ironique.

Moi? au contraire! J'ai des compliments à t'adresser : j'ai vu ta faillite. Pas mal, pas mal; mais tu sais, moi, je n'aime pas ça.

PIÉTREQUIN, à Henriette, avec une affectation de franchise.

C'est justement au sujet de la faillite dont Monsieur parle, que je suis venu m'expliquer, Mademoiselle. (Il s'assoit.) Madame votre tante n'est-elle point ici?

HENRIETTE, assise auprès du guéridon.

Ma tante est malheureusement absente, Monsieur.

PIÉTREQUIN.

Je le regrette profondément, Mademoiselle. Il m'eût été agréable de la rencontrer pour lui donner sur ma situation des éclaircissements auxquels elle a le droit de prétendre.

HENRIETTE, avec une politesse un peu mordante.

Je crois, Monsieur, que ma tante n'aurait point partagé votre satisfaction. Vous êtes venu ici. Vous m'avez demandée en mariage, mais en même temps, vous ne nous avez pas dit la vérité absolue sur votre position financière et votre crédit commercial.

PIÉTREQUIN.

Veuillez croire...

HENRIETTE.

Je ne dis pas que vous nous avez trompées. Non, vous avez simplement négligé de nous mettre au courant; aussi, nous est-il facile de vous rendre la parole que vous nous aviez donnée.

PIÉTREQUIN, avec galanterie et dignité.

Je vous répète ce que je vous ai dit dans ma lettre, c'est avec le plus profond regret que je me résigne à renoncer à vous, Mademoiselle Henriette.

HENRIETTE, toujours correcte et sévère.

C'est votre droit, Monsieur, et tant mieux que vous

croyez que c'est aussi votre devoir. Personne ici ne ne peut vous faire de reproches. Mais, peut-être après la lettre dont vous parliez tout à l'heure, n'était-il point besoin de vous déranger. Ni ma tante, ni moi, ne réclamions d'explications plus longues, et nous ne demandons pas d'excuses. (Henriette se lève comme pour prendre congé. Piétrequin se lève aussi.)

PIÉTREQUIN, toujours très calme.

Vous avez raison, Mademoiselle, je comprends votre dépit pour une entreprise qui manque et un mariage qui n'aboutit pas.

HENRIETTE.

Monsieur !

PIÉTREQUIN, avec une sorte de bonhomie.

J'ai souffert souvent de semblables aventures dans ce qui fut mon commerce, et je n'ai rien à reprendre dans votre sévérité. Mais ce n'est pas moi que je viens excuser de ce qui vous blesse et de ce qui arrive. (Se tournant vers Charmeretz.) C'est Monsieur.

CHARMERETZ, descendant en scène, entre Piétrequin et Henriette, la voix méprisante et haute.

Moi ! Je voudrais bien savoir, par exemple, ce que nous avons de commun, et de quoi Monsieur Piétrequin se donne la peine de m'excuser.

PIÉTREQUIN, persiflant Charmeretz.

Ce que nous avons de commun ? C'est que j'ai pu être indélicat en dissimulant les embarras de ma caisse. Mais j'étais un étranger, moi, et je faisais des affaires. Au lieu que toi, l'ami de la maison, tu as gardé le silence sur ma situation, que tu connaissais, sur un homme dont tu rachetais les billets impayés ; tellement que, si aujourd'hui on peut me reprocher d'avoir brisé des espérances et manqué à ma parole, c'est que tu as consenti à te taire, et que, dans ce qui est arrivé, tu as été moralement mon complice.

CHARMERETZ, même jeu.

Ton complice ! A qui feras-tu croire qu'il ait jamais été complice, l'homme qui t'a fait mettre en faillite ? Et cet homme, tu sais bien que c'est moi.

HENRIETTE, étonnée.

Vous, Charmeretz ?

CHARMERETZ, comme gêné d'abord d'avoir laissé échapper ce qu'il ne voulait pas dire. — A Henriette.

Oui, moi ! (A Piétrequin, d'un ton ironique et dur.) Et pourtant ne dis-tu pas cela aussi, toi, l'homme sans scrupules ? Tu te tais là-dessus, Piétrequin. Je te croyais d'une audace plus résistante. Ah ! mon cher, tu faiblis et je ne te reconnais plus.

PIÉTREQUIN, toujours persifleur. A Henriette.

Tiens, Charmeretz moraliste. (A Charmeretz.) Mes compliments, mon cher, c'est très bien imité.

CHARMERETZ, s'irritant peu à peu, et passant à droite.

Eh ! oui, c'est insupportable à la fin. Si la vie par instants me fait encore sourire, il y a des heures pourtant où les hommes comme toi m'exaspèrent.

PIÉTREQUIN, toujours accentuant son persiflage.

Qu'est-ce que tu dis? (A Henriette qui est entre Charmeretz et lui.) Décidément, on m'a changé mon Charmeretz. Je ne reconnais plus mon observateur impitoyable, curieux avant tout de rencontrer une situation à analyser, de la colère, des larmes. (A Charmeretz.) Le littérateur qui laissait tout faire par amour désintéressé du spectacle et curiosité de savoir à quelles extrémités se pousseraient les événements, et qui a agi seulement le jour où son intervention lui a paru favorable pour le dénouement du livre (A Henriette), dont vous et moi, Mademoiselle, étions les personnages sur lesquels il prenait des notes.

HENRIETTE, avec un ton de douloureux reproche.

Quand je vous disais, Charmeretz, qu'à force de littérature vous finissiez par manquer de cœur.

CHARMERETZ, de plus en plus fébrile.

Non, vous n'aviez pas raison, Henriette, et toi, tu mens, Piétrequin.

PIÉTREQUIN, toujours même jeu.

Et toi, tu te passionnes, Charmeretz. Comment, tu te mêles à la vie! Je croyais que tu la regardais dédaigneusement défiler devant toi, du haut de ton mépris, comme du haut d'un balcon.

HENRIETTE, d'un air de sévérité et de blâme.

Hélas! cela est bien de vous, Charmeretz, d'avoir tout su, et de n'avoir rien dit.

CHARMERETZ, s'exaspérant.

Combien de fois faudra-t-il te dire que tu mens, Piétrequin?

PIÉTREQUIN.

Si je mens, c'est avec tes paroles, Charmeretz.

CHARMERETZ, suppliant et désespéré.

Mais voyons! Vous ne le croyez pas, n'est-ce pas, Henriette, cet homme qui me calomnie et me déshonore? Dites-moi que vous ne le croyez pas, et je vais lui dire, moi, qu'il est un imposteur et un lâche!

PIÉTREQUIN, toujours même jeu.

Sceptique, tu crois cela?

CHARMERETZ provoquant.

Prends garde!

HENRIETTE, le prenant doucement par la main et l'éloignant de Piétrequin, avec une pitié ironique et profonde.

Regardez donc le spectacle, puisque c'est tout ce que vous savez faire.

PIÉTREQUIN, conciliant et railleur.

Ne craignez rien, Mademoiselle. Monsieur m'a prévenu qu'il tirait également bien l'épée et le pistolet. Donc, je serais autorisé à refuser un combat inégal. Maintenant, vous voyez que, si vous avez à vous plaindre, tout ce qui s'est passé a été réglé par Monsieur que sa curiosité, maintenant, n'a pas l'air de rendre très fier. Voilà ce que j'aurais souhaité faire voir à Mme Harquenier. Mais, l'heure s'avance, et j'ai juste le temps d'aller reprendre le train. Encore une fois, Mademoiselle, croyez à tous mes regrets. (Il remonte.)

HENRIETTE, saluant.

Monsieur.

CHARMERETZ, menaçant, à Piétrequin qui va sortir.

Va, va, je trouverai bien un jour le moyen de te forcer à te battre.

PIÉTREQUIN, toujours dédaigneux et moqueur.

Tu ne réfléchis pas, Charmeretz. Voyons, est-ce qu'on se bat dans le commerce? (Saluant.) Mademoiselle. (Il sort par le fond.)

SCÈNE IX

CHARMERETZ, HENRIETTE.

CHARMERETZ, redescendant et s'asseyant sur la chaise à gauche, à la fois admiratif et vexé.

Il est encore plus impudent que je ne croyais, et vous prétendez que je n'ai pas d'illusions?

HENRIETTE, sévèrement.

Vos illusions, Charmeretz, ne vous vantez donc pas! (Elle passe à sa droite.) Ainsi c'est vrai ce que vient de dire Piétrequin? Vous saviez tout?

CHARMERETZ.

Oui.

HENRIETTE, même jeu.

Et vous n'avez rien dit. Vous voyez bien que je ne me trompais pas quand je vous disais que personnellement incapable du mal, par curiosité, vous n'empêcheriez jamais de le commettre. Ah! Charmeretz, voilà donc de quelle façon vous êtes notre ami?

CHARMERETZ, suppliant et désespéré.

Voyons, Henriette, je vous en prie, ne m'accablez pas. Mais vous ne vous apercevez donc pas que ces sceptiques et ces observateurs jugés par vous insensibles, se jettent un jour à la traverse des aventures méprisables? Cela je l'ai fait et vous me prouvez que j'avais raison de ne pas espérer qu'on m'en tiendrait compte. Tant pis si vous me gardez rancune. Je m'y résignerai. L'important, pour moi, c'est de vous avoir débarrassé du Piétrequin; et, si à l'heure présente, Bernaud n'est pas ici, auprès de vous, je l'ai assez prié de revenir, et je vous donne ma parole d'honneur, Henriette, qu'en ceci désormais, il n'y a plus rien de ma faute.

HENRIETTE, même jeu.

Vraiment, cette fois-ci, auprès de Bernaud, vous avez bien fait tout ce qu'il fallait faire?

CHARMERETZ, fermement.

Tout.

HENRIETTE, même jeu.

Et vous avez vraiment bien dit tout ce qu'il fallait dire?

CHARMERETZ, même jeu

Tout.

HENRIETTE, avec impatience.

Alors, pourquoi ne vous a-t-il pas écouté? Pourquoi n'est-il pas revenu?

CHARMERETZ, tristement.

Il n'a pas osé. (Il se lève et passe à droite.)

HENRIETTE, même jeu.

Il n'a pas osé, il n'a pas osé! (Un temps. Sèchement.) Parce qu'il a une maîtresse, n'est-ce pas?

CHARMERETZ, détachant les mots.

En aucune façon.

HENRIETTE.

N'essayez pas de me donner le change. Cette liaison que vous me cachez, Bernaud me l'a avouée. Ainsi...

CHARMERETZ, vivement.

Quand il vous a fait cette confidence, elle était peut-être vraie. Maintenant, elle a cessé d'être exacte.

HENRIETTE, incrédule.

Bernaud n'a pas de maîtresse?

CHARMERETZ, très affirmatif.

Mon Dieu non. Il n'en a plus. Ces femmes-là, voyez-vous, ça a des idées, ça veut être gai, ça demande à s'amuser tout le temps. Et sincèrement, auprès de Bernaud, il n'y avait plus d'agrément à espérer dans la société d'un homme vieilli par la guérison. Alors la dame s'en est allée.

HENRIETTE, même jeu.

Elle est partie?

CHARMERETZ.

Comme elle était venue! Et voilà. Maintenant Bernaud est tout seul.

HENRIETTE, même jeu.

Bien seul?

CHARMERETZ.

Oui, bien seul... comme les camarades.

HENRIETTE, d'un ton dédaigneux et pincé.

Alors, cette... femme, il l'oublie maintenant, comme jadis, n'est-ce pas, il m'oubliait auprès d'elle?

CHARMERETZ, avec expansion.

Ne dites pas cela, Henriette. Si vous saviez! Vous oublier, vous! Bernaud! Mais est-ce que vous croyez que cette maîtresse a jamais tenu une place sérieuse dans l'existence de notre ami? Ces... comment vous exprimer cela? ces amours-là, allez, dont vous vous inquiétez, sont, à l'égard de l'amour vrai, quelque chose d'analogue à ce que sont les appogiatures, en musique : des accidents qui facilitent les intervalles sans rien modifier de la tonalité initiale du morceau, rien de plus.

HENRIETTE, même jeu.

Et vous avez ainsi la prétention et l'audace de me soutenir que Bernaud... Ah ! fi donc !

CHARMERETZ, toujours même jeu.

Parfaitement. Oui, je soutiens qu'en dehors des nécessités, et en dépit des apparences, vous êtes le seul amour sincère de Bernaud, Henriette, et que sa liaison même était pleine de vous.

HENRIETTE, avec une exclamation de surprise et presque de dégoût.

Vous dites ?

CHARMERETZ.

Certainement. (Remontant la scène, dans un élan continu de démonstration passionnée.) Aussi quand cette femme s'en est allée, est-ce que je l'ai vu et gémir et se plaindre comme le jour où il vous a cru perdue pour lui ? (Descendant à la gauche d'Henriette.) Est-ce qu'il a fait ce jour-là ces extravagances par où se traduit la sincérité d'une passion contrariée ? Point. (Il passe à la droite d'Henriette.) A un moment donné, sa maîtresse et lui ont cessé d'être l'un près de l'autre, et, quand ils se sont séparés, ils ne se sont pas laissé plus de souvenir que ne s'en laissent deux indifférents qui se rencontrent dans la foule et qui s'y coudoient. (Se penchant vers Henriette.) Vous voyez bien que Bernaud n'a jamais cessé de penser à vous.

HENRIETTE, avec un cri de douloureuse épouvante.

A moi ! (Elle recule jusqu'au milieu de la scène.) Ainsi, voilà donc où aboutissent nos affections, et c'est à cela que doivent arriver nos plus chères tendresses ! Quelque chose d'impur nous sépare toujours des êtres que nous aimons le mieux, et quand enfin nous les rejoignons, quand enfin nous nous disons qu'ils vont nous appartenir sans partage, ils ont des baisers étrangers aux lèvres, et ils ne nous apportent plus que des esprits avilis dans des corps à jamais lassés ! (Allant vers Charmeretz.) Ah ! vous aviez raison quand dans vos livres, Charmeretz, vous accusiez la vie, et je vous demande pardon de mes reproches et de mes sévérités ! (Au milieu de la scène, avec un geste désespéré.) Mais à présent la vérité m'apparaît, la déplorable vérité. (Avec un ton de plainte et de dégoût.) Ainsi, c'est donc cela ! L'amitié, vous me l'avez prouvé, l'amitié, elle est incertaine et presque malfaisante tant elle met de lenteur à rendre service, et c'est dans les répugnantes choses que vous me racontez de Bernaud que consiste le véritable amour ! (Violemment.) Ah ! décidément vous l'avez justement dit, Charmeretz, en nous, en dehors de nous, il n'y a que misère, misère, misère! (Elle passe à droite, et s'appuyant sur la chaise près du guéridon, tourne le dos à Charméretz.)

CHARMERETZ, avec une sorte de lyrisme bienveillant et attendri.

Oui, Henriette. Oui, tout n'est que misère dans notre intelligence, et que misère dans notre cœur. C'est ça la vie ! (Henriette tombe assise à droite.) Vous ne la connaissiez pas et je ne vous tiens pas rigueur de m'en avoir voulu quand, dans mes livres, j'imprimais qu'elle n'était pas drôle. Mais, toute misérable qu'elle est, cette vie, elle est encore meilleure qu'elle ne paraît : la nature et les sens se chargent de la rendre tolérable. Ils remettent en place ce que détraquent les rêves avec les préjugés, et deux baisers, parfois, qu'on échange à propos, ont souvent arrangé bien des choses. Le mieux est de s'essayer à être raisonnable, et de prendre les individus tels qu'ils sont, leur amour pour ce qu'il est.

HENRIETTE, se retournant vers Charmeretz, désillusionnée et confondue.

Et c'est pour me ramener ce Bernaud, c'est pour me ramener cet homme si différent de celui que j'aimais à aimer, c'est pour cela que ma tante est allée à Paris !

CHARMERETZ, étonné.

Mme Harquenier est allée chercher Bernaud ?

HENRIETTE, même jeu.

Oui, c'est pour cela qu'elle est sortie tout à l'heure !

CHARMERETZ, presque gaîment.

Tant mieux alors ! Car, voyez-vous (affectant une timidité enfantine), je n'osais pas vous le dire, mais Bernaud m'avait chargé de préparer sa venue.

HENRIETTE, dans une rêverie douloureuse.

Bernaud ! (Elle se lève et fait un mouvement pour s'éloigner.)

CHARMERETZ, la prenant par la main.

Allons ! ne faisons pas la révoltée ! (Henriette le regarde.)
A quoi bon ! (Paternellement, tout en la conduisant vers le piano.)
Voyons, montrez-vous sage, asseyez-vous là, au piano,
gentiment. Jouez le morceau que vous jouiez quand
je suis arrivé. (Après l'avoir installée devant le clavier.) Et tout
à l'heure, quand Bernaud entrera à son tour, que les
choses d'ici, au moins, aient toujours l'air d'être à la
même place. (S'appuyant sur le piano, à droite.) Et maintenant, allez la musique ! (Au moment où Henriette va com-
mencer à jouer, par la porte du fond, à côté de Madame Harquenier, en
grand deuil, Bernaud, la figure triste, la démarche cassée, presque l'allure
d'un vieillard, sous ses cheveux blanchis, apparaît.)

SCÈNE X

LES MÊMES, MADAME HARQUENIER, BERNAUD,
puis MARCELINE.

MADAME HARQUENIER, à Henriette, triomphalement.

Eh bien, Henriette, le voici Bernaud, tu prétendais
que je ne te le ramènerais pas !

HENRIETTE, avec un cri.

Bernaud ! (Elle se lève brusquement, quitte le piano, court à
Bernaud comme pour lui sauter au cou, puis, le voyant si changé, recule,
tombe à gauche dans les bras de Madame Harquenier, et dit en san-
glotant :) Ah ! non, non ! c'est impossible. Je ne peux
plus, je ne peux pas, je ne peux pas !

MADAME HARQUENIER, la consolant.

Henriette, Henriette, ma petite Henriette...

BERNAUD, avec une gravité mélancolique et sereine.

Laissez, laissez, Madame. Henriette ne me reconnaît plus; moi, de mon côté, je la regarde, et elle me semble à jamais lointaine et disparue. Elle me paraît ne plus exister que dans mon souvenir, et, ce que je ressens pour elle, n'est plus que le regret douloureusement tendre que j'éprouve pour la mémoire de ma mère morte. Mon Dieu, mon Dieu! (Il se retourne. Du bras droit s'appuie sur la gauche du piano et sanglote.)

CHARMERETZ.

Allons bon ! encore un cœur qui charbonne.

MADAME HARQUENIER.

Voyons, voyons, pas tant de raffinement. Ce qui est passé est passé ! Ne travaillez donc pas à vous gâter d'avance ce que vous pouvez encore rencontrer de bonheur. Épousez-vous, et comme vous êtes. Ta main, Henriette (elle prend la main d'Henriette), et vous, Bernaud, votre main?

CHARMERETZ, à Bernaud, en lui prenant aussi la main et en le poussant vers Henriette.

Eh ! oui, va donc ! Puisque toutes les circonstances de la vie nous enlèvent toujours un peu de l'estime que nous avions pour nous, un peu de la confiance que nous avions dans les autres, résignez-vous !

C'est déjà beaucoup quand, une fois par hasard, les amours et les pièces réussissent à peu près.

HENRIETTE, à Bernaud, avec une tendresse interrogative et douloureuse.

Bernaud?

BERNAUD, avec une effusion triste.

Henriette ! (Ils se regardent longtemps comme s'ils cherchaient à se reconnaître, ont l'air de se retrouver et s'embrassent désespérément.)

MARCELINE, entrant à gauche.

Madame est servie.

MADAME HARQUENIER.

Deux couverts de plus, Marceline ! Allons, à table, mes enfants ! (Elle passe autour de la table, à gauche, pendant que Bernaud, qui a offert son bras à Henriette, se dirige avec elle vers la salle à manger.) Et, tout à l'heure, je vous ferai boire du vin de ma noce. (Au milieu de la scène, en prenant le bras que lui offre Charmeretz.) C'est encore ce qu'elle a eu de meilleur. (Charmeretz fait un geste d'approbation, le rideau tombe.)

FIN DU TROISIÈME ET DERNIER ACTE.

18526. — Imprimeries réunies, A, rue Mignon, 2, Paris.

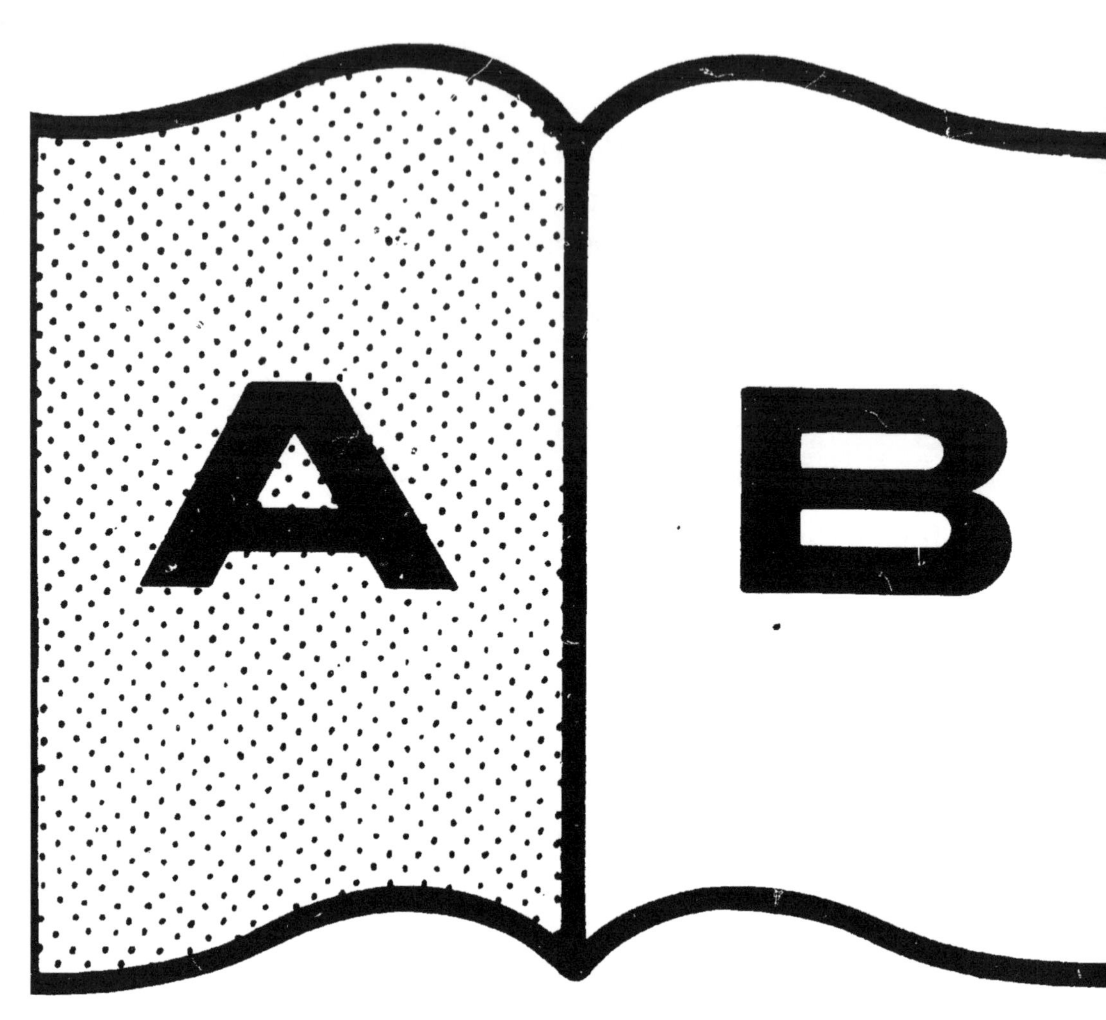

Contraste insuffisant

NF Z 43-120-14

www.ingramcontent.com/pod-product-compliance
Ingram Content Group UK Ltd.
Pitfield, Milton Keynes, MK11 3LW, UK
UKHW020922140726
13695UKWH00003B/923